illustration ／ NAZUKI KOHJIMA

LAPIS LABEL

聖なる夜のスキャンダル♥

Story by Hinako Tsukigami

月上ひなこ

イラストレーション／こうじま奈月

▶CONTENTS

※本作品の内容はすべてフィクションです。

1　女王陛下は今日も大変

「駄目だって。こんなところじゃ、またみつかってしまうよ……」

「大丈夫。誰にもみつかりっこないさ。それに、お前だってもう待てないだろ。ほら、身体がもう熱くなってる」

「あっ……いやっ……」

「いやじゃなくて、いい、だろ」

しんとした室内に、情欲に充《み》ちた熱い息が漏《も》れる。

「…んっ…そこは…あっ…あぁっ」

一際《ひときわ》甘い声が響いた瞬間。

「お前達、いい加減《かげん》にしろっ！」

ものすごい音をたてて乱暴に開け放たれた扉の向こうから、怒りのオーラをまとった、突然の侵入者が姿を現わした。

険《けわ》しい表情を浮かべている彼は、東雲《しののめ》学園の生徒会長にして、東雲のシンボルでもある、深森春香《みもりはるか》。

歴代の生徒会長の中でも特出した人気を誇り、裏ではその類《たぐ》い稀《まれ》なる美しさを讃《たた》えて、生徒達から密かに『東雲の白百合』と呼ばれている彼は、真面目で硬派なことでも有名だった。

だから、何度注意されても懲《こ》りずに校内で不純同性交遊に励む不埒《ふらち》者達に、今回こそは怒りの天誅《てんちゅう》を与えてやると、勢いこんでいたのだが。

いるはずの、いつものホモカップルの姿はそこにはなく、代わりに金髪の天使が、真っ白なクマのヌイグルミを抱き締めてソファーのうえに寝転んでいた。

一瞬ここが生徒会室だということを忘れてしまうほど、ぱっと見には、素晴らしく美しい光景である。

だが、しかし。

天使の妖しげな動きが、すべてを台なしにしていた。

「な……何してんだ…。珊瑚《さんご》」

春香は、抱き締めたクマのヌイグルミをシャツをはだけさせた胸のうえで妖しく動かしている珊瑚に、顔を強《こわ》ばらせながら訊ねる。

無邪気《むじゃき》にヌイグルミと戯《たわむ》れているようには、どうしても見えなかった。

「いざ、ゆうときのために、予行練習やっとってん」

あっけらかんと答える珊瑚に、眉間《みけん》に皺《しわ》が寄る。

「予行練習って……」

「そんなん、ルーとエッチするときの予行練習に決まっとるやん」

決まっとるやん、と言われても。

ああそうか、と春香が頷けるわけがなかった。

クマのヌイグルミを使っての妖しい動きは、追及するのも恐ろしい。

「もしかして、さっきの変な声は珊瑚なのか？」

他に誰もいないのだから、そうとしか考えられないが、できれば否定してほしかった。

なのに。

「あー、やっぱ、変やった？　けっこー練習したんやけどなぁ。もうちょい色っぽく喘《あえ》いだほうがええ？」

珊瑚は天使のような愛らしい顔で、とんでもないことを訊いてくる。

いつものホモカップルより、質《たち》が悪かった。

春香が答えようがなくて黙っていると、珊瑚は傍《かたわ》らから取り出したカラフルな表紙の本

を開き、

「本見ただけやと、声の出しかたまではわからへんし、困っとってん。この『……』いうんが、曲者《くせもの》なんや。ちょー、春香、手本見してくれへん？」

そんな、くらりと目眩《めまい》がするようなことを言い出す。

これが冗談じゃないことがわかっているだけに、頭が痛かった。

珊瑚に手本を見せろと言われてしまう理由は、不本意ながら、道前寺司《どうぜんじつかさ》という同性の恋人とそういう関係にあることを、彼に知られているからだ。

「お前、いったい何の本見てるんだ。マンガ本は校内持ちこみ禁止だぞっ」

珊瑚からひったくるようにして奪い取った本をぱらっと捲《めく》った春香は、思わずぎょっとなって、慌《あわ》てて本を閉じる。

こ、これは……!?

「な、な、何なんだ、この本は」

「マンガ本」

そんなことは、見ればわかる。

問題なのは、その中身だ。

「男と男がエ、エッチしてるように見えたのは、俺の目の錯覚だよな……」

「錯覚やないって。ばっちし、やってるやん。ボーイズラブとかいうやつなんやて。クラスのオンナ達が、こーゆうの山のよーにもっとって、参考になるから言うていろいろ貸してくれてん」

追い打ちをかけられて、春香は絶句する。

生徒達の所持品検査で、時折没収されるエロ本の類いだとは予測していたものの、まさか、男同士のそういう本だなんて思ってもみなかっただけに、ショックは大きかった。

こんな特殊な本が、お手軽に出回っているなんて。
世も末としか言いようがない。

しかし、そんな春香の心情を察することもない珊瑚は、
「俺は、こっちの本の攻のほうがルーに似てて好きやねんけどな。いきなりこんなん挿《い》れられたり、縛られたりするんは、やっぱ抵抗あるやん。俺、初めてやし。春香は、こんなん挿れられて、ホンマに気持ちええの？」

新たに取り出した本を開くと、さらに問題発言を口にしながら、開いた誌面を春香に向かって突きつけてきた。

瞬間瞳に飛びこんできたのは――――。

大きく足を広げられ、とんでもないところにグロテスクな形のオトナのオモチャをねじ

こまれている、全裸の少年。

「うわ――――――っ」

とっさに春香は、目の前の恐ろしい本を掴《つか》んで遠くへと放り投げていた。

「どうした、春香」

「大丈夫ですか、春香さん」

「春香。何かあったのか!?」

春香の叫び声を聞きつけて、いつものように女王陛下をお護《まも》りする騎士達のごとく、かけつけてきた三人の生徒会メンバー。

『東雲三銃士』と呼ばれている綺羅《きら》綺羅しい三人の登場に、室内がぱっと華《はな》やぐ。

そんな彼らを真っ先に出迎えたのは、なんと春香が放り投げた、問題の恐ろしいホモマンガだった。

「何だ、これ？」

眼前でキャッチした本を訝《いぶか》しげに捲り始める三人に、

「あっ、それは……」

我に返った春香が制止の声をかけようとするが、時すでに遅し。

ほとんど全部がエッチシーンばかりなのだから、ぱらぱらと捲っただけでも内容は一目《いちもく》瞭然《りょうぜん》だった。

「すごいな……」

ぼそりとした呟《つぶや》きが、三人の口から同時に漏れる。

世間知らずの春香と違って、彼らは三人ともボーイズラブと呼ばれているこの手の本が今巷《ちまた》で流行《はや》っていることぐらい知っていたのだが、こうやって実際中身を見たのはこれが初めてで、それは内容に対する正直な感想だった。

だけど、さっきの珊瑚の台詞《せりふ》が頭の中にある春香は、自分に対して言われたように聞こえてしまい、

「そ、そんな変なオモチャは一度も挿れたことないぞっ」

真っ赤な顔で、とんでもないことを口走っていた。

グロテスクな形をした、オトナのオモチャ。

あんな恐ろしいモノを挿れられるなんて、考えただけでぞっとする。

ぷるぷると首を振る春香は、自分がどんなに恐ろしい失言をしてしまったのか、まったく気づいていなかった。

だから当然、自分の失言に三人の騎士達がどれだけのダメージを受けたかなんて、知るはずもない。

『変なオモチャは一度も挿れたことない』と、いうことは。

裏を返せば、他のモノなら何度も挿れたことがあるということで。

他のモノが何か想像がつくだけに、騎士達の心は黒雲に包まれていた。

それでも、それを表に出さないところは、さすがといえるだろう。

そして。

「最近こういう本を校内に持ちこむ生徒達が増えているようで、困りますね。まぁ、煙草《たばこ》やお酒を持ちこまれるよりは、ましですが」

「いろんなことに好奇心旺盛な年頃だからな。風紀委員に、そのへん一度注意しといたほうがいいんじゃないか」

「一度、抜き打ちで所持品検査をしてみてもいいかもな。そういえば、この間見つかったビールセットは、先生達が学園祭の打ち上げで全部飲んじまったらしいぜ。ああいうのはいいのかねぇ」

にこやかな笑顔を浮かべ、話を微妙に横に逸《そ》らす騎士達の連携プレーは、実に見事だった。

「うーん。ビールとかは、いくら生徒達が反省したって返すわけにもいかないし、しょうがないかもな」

根が単純な春香は、こんなふうに簡単に思考を誘導されてしまう。学園一の頭脳を持ちながら、その優秀な頭脳は、勉強以外のことにはあまり発揮されていないのが、惜しむべきところだった。

まぁ、そこがかえって周りの庇護《ひご》欲をかきたてるポイントでもあったのだが。

ようやく室内が和《なご》やかな雰囲気になったところで、

「春香さん。冬休みに入ったら、みんなでどこかへ遊びにいきませんか」

騎士達のリーダー格であり、生徒会副会長も務める寿君近《ことぶききみちか》が、柔らかな口調で春香に誘いかける。

茶道《さどう》の家元の子息で、育ちのよさが外側までにじみでていると噂されている寿は、こういう誘い役にもってこいで。

「以前行きそびれたアミューズメントパークとか、どうだ？　春香、ずっと行きたいって言ってただろ。今度こそみんなで行こうぜ」

具体的な提示をするのは、生徒会書記を務める鈴鹿裕満《すずかひろみつ》の役目だった。

ここ東雲学園の理事長の孫でもあり、影の実力者と呼ばれている鈴鹿は、いわゆるムードメーカーでもあるのだ。

そしてラストに控えた生徒会会計である高橋飛鶴《たかはしひづる》が、見ているものをうっとりさせるよ

うな魅力的な笑みを浮かべ、

「アトラクションの数も増えて、前より面白くなってるらしいし。いい気晴らしになるんじゃないか?」

そう締め括《くく》れば、完璧《かんぺき》だった。

校内きっての伊達《だて》男と異名をとる高橋は、その独特の雰囲気で相手を納得させてしまうのが、やたらと上手《うま》いのだ。

これで一気に春香の気持ちを盛り上げるつもりの三人だったが。

彼らはここに大きな邪魔者がいることを、忘れていた。

春香が何か答えを返す前に、

「そんなん、あかん。アミューズメントパークは、俺とルーの二人で行くんや。みんなでなんて、絶対いやや。絶対あかん」

白いクマのヌイグルミを投げだし、突進するようにして寿に抱きついてきたのは、先刻《さっき》まで春香を振り回していた金髪の天使、火崎《ひざき》珊瑚で。

昔飼っていた犬の『ルー』に似ているという、とんでもない理由で一目惚《ひとめぼ》れした寿を追いかけて、東雲学園に転入してきた強者《つわもの》の彼は、寿のハートをゲットするため、毎日猛アタックを繰り返しているのだ。

珊瑚は春香を睨みつけてきた。

恋敵《こいがたき》である春香と遊びにいかせるなんてとんでもないと、ぎゅっと寿にしがみつき、珊瑚は春香を睨みつけてきた。

「大勢で出かけたほうがきっと楽しいですよ、珊瑚君」

寿は、苦笑を浮かべながらも、やんわりと珊瑚を諭《さと》しにかかるが、

「いやや」

珊瑚はそれをにべもなく打ち棄《す》てる。

「珊瑚。寿が困ってるだろ」

見かねた春香が、そう口を挟んだのがまずかったのか、珊瑚をますます煽《あお》る結果になってしまった。

「司だけやなく、ルーも独り占《じ》めする気やな。そーはさせへんぞ。ルーは俺のもんや」

そう言いきる珊瑚の自信は、いったいどこからくるのだろう。

春香が、思わずその気迫に圧倒されていると、

「僕は誰のものでもありません。それに何度も言ってますが、僕は今誰とも付き合うつもりはありませんから」

このままでは埒《らち》が明かないと判断したのか、寿が、はっきりとした意思表示をしてみせた。

するど。

「やっぱりまだ春香がええんやな。ルーのアホッ」

喚《わめ》きながらぼこぼこと寿の胸を連打したあと、珊瑚は床に転がっていたヌイグルミを抱き上げると、脱兎《だっと》のごとく部屋から飛び出していく。

そして、春香達が茫然《ぼうぜん》となっている中、またもやすごい勢いで駆《か》け戻ってきた珊瑚は、高橋の持っていた例のホモマンガを奪い取り、

「俺は負けへんからな。そのうち、こんなんバンバンやれるよぉなって、春香を追い越したるからなっ！」

得意の捨て台詞を残すと、今度こそ完全に消え去っていった。

何をやれるようになるって……？

春香は、珊瑚の台詞の意味をいまいち計《はか》りかねて、首を傾げていたが、

「で、どうする？　アミューズメントパーク。行くんなら、今から日程だけでも決めておいたほうがいいんじゃないか？」

「そうですね。きっとクリスマス前後は混むでしょうから、休みに入ってすぐというのはどうでしょう」

「クリスマス前は、中のイルミネーションも凝《こ》ってるらしいし。見所満載でいいんじゃな

いか」

そんな楽しい話題をふられて、意識はそちらに移っていく。

「そうだよな。行くんなら、少しでも空《す》いてるほうがいいし。クリスマス前だと、いろいろ特典ありそうでいいよな。みんなと出かけるの久しぶりだし、なーんかワクワクしてきた」

行くか行かないかではなく、すでに行く日程にまで勝手に話が進んでいることに、何の疑問も抱《いだ》かず、春香は無邪気に三人の友人達に笑いかけた。

その笑顔の凶悪なまでの可愛《かわい》さに、春香の下僕と化した三人は暫《しば》し見惚《みと》れる。

彼らが、このまま時が止まってしまえばいいと願ってしまっても、それは仕方のないことだった。

だけど。

「クリスマス……そうか…もうすぐクリスマスってことは………」

突然嫌なことを思い出した春香は、先程までの笑顔とは打って変わった気鬱《きうつ》な顔で、大きな溜め息を吐く。

クリスマスイブまで、あと十日。

冬休みに入って数日経《た》てば、その日がやってくる。

　クリスマス自体は愉《たの》しみだったが、クリスマスに予定されているあることが、春香を気鬱にさせていた。

「どうかしたのか？」

「あ、いや。別にたいしたことないんだ」

大切な友人達に心配をかけまいと、春香は慌てて誤魔化《ごまか》すように笑顔を作る。

もちろん。そんなことで誤魔化される下僕達ではなかったが。

　これ以上追及しても、春香を困らせるだけだということがわかっている彼らに、それができるはずもなかった。

「では、ゆっくり座ってお茶でも飲みながら、冬休みの計画をたてましょうか」

「そ、それがいいな」

　追及されずにすんだことにほっとしながら、春香は促されるままに、ソファーへと足を向ける。

　そして。

　二学期の終業式を間近に控えて、生徒会としての仕事はだいたい一段落しているので、たまにはゆっくり息抜きしてもいいよなと、真っ先にソファーに腰を下ろそうとした春香だったが。

た。


「うっ」

ソファーの下に落ちていたモノを見つけたとたん、固まってしまった。

珊瑚が持ちこんでいた例の恐ろしいホモマンガが、そこに一冊落ちていたのだ。

学ランの少年二人が抱き合っているイラストが表紙のその本には、大いに見覚えがあった。

春香が一番最初に見てショックを受けた、アノ本である。

珊瑚に返した覚えはなかったから、どうやら、さっき驚いた拍子に、この本まで放り投げていたらしい。

見てしまった、アレやコレやの恐ろしいシーンが、目の前に甦《よみがえ》ってきて、春香はかーっと顔が赤くなっていた。

そのうえ、目に入ったソファーから、思い出さなくてもいい余計《よけい》なことまで思い出してしまい、全身ユデダコみたいになってしまう。

学園祭当日、ライバル校である柊《ひいらぎ》学院の生徒会長を務める道前寺司と、こともあろうかこのソファーのうえで人に言えない行為をいたしてしまったのだ。

そのときの自分の痴態《ちたい》を思い出すと、恥ずかしさのあまり、死んでしまいたくなってくる。

「春香？」

訝しげにかけられた声にびくんと大きく反応した春香は、

「あ、あっちで話そう」

口早に言うと、返事を待たずに隣の執務室へと走っていった。

そして。

「俺ちょっと、トイレに行ってくる」

今すぐには大好きな友人達の顔すらまともに見ることはできないと、そのまま執務室から飛び出していく。

残された下僕達は、あとを追いかけることもできず、互いに顔を見合わせながら、深い溜め息をついた。

「やはり、このソファーは買い替えたほうがよさそうですね」

「そうだな。ああ毎回露骨《ろこつ》な反応をされたんじゃ、見てるこっちもたまらないからな」

「あとで盛大にコーヒーでも零《こぼ》しとくか」

春香は誰にもバレていないと思っていたが、ここで何があったかなんて、下僕達にはとうにお見通しだった。

学園祭のあとから、応接室に入るたびに動きがぎこちなくなったり、ソファーを見ては真っ赤になったり、動揺したりされれば、嫌でも気づいてしまう。

すべてが顔や態度に出てしまう素直な春香に、隠しごとは無理なのだ。

それでも必死に隠そうとしている春香は本当に可愛かったが、黙って見ている下僕達の心境は複雑だった。

春香が赤くなるたびに、何があったのかを想像させられてしまうからだ。

そんなこと、想像したくもないというのに。

まったく、忌《い》ま忌ましいかぎりだった。

「道前寺の奴、こうなることを見越してたに違いないぜ」

「僕達に見せつけて、牽制《けんせい》するつもりだったんでしょう」

「あの男の考えそうなことだ」

下僕達の口調は、これ以上ないくらいに刺々《とげとげ》しい。

この学園に入学したときから、大事に大事に護ってきた愛《いと》しの春香を、横からさらっていった憎い男に対する憎しみのボルテージは、日々あがっていく一方だった。

ただでさえ、学園祭が終わった今でも、白雪姫姿の春香の写真の回収や、飛びかう噂の収拾など、余計な後始末におわれている彼らは、最近ストレスが溜まってイラつき気味なのだ（さっき彼らの到着が遅れたのも、なかなか写真のネガを渡そうとしない春香ファンの奴らを締めあげていたせいである）。

そのすべての怒りが、にっくき道前寺司へと向かっていくのは、彼らにとっては自然なことだった。

「学園祭の後始末がすべて綺麗《きれい》に終わったら、もう一度道前寺対策を練《ね》りなおす必要がありそうですね」

「俺達が、これでおとなしくなると思ったら大間違いだぜ」

「あいつの勝手にはさせないからな。見てろよ、道前寺司」

奮起する下僕達に勝機があるかどうかは、今のところまだわからない。

だけど、春香にまとわりつく悪魔を、黙って放置しておくわけにはいかなかった。

たとえ春香が司のことを恋人として認めていても、彼らがそれを認めて受け入れるかどうかは、別問題なのだ。

そして――――。

新たに気持ちを一つにした下僕達は、床に放置されていた珊瑚の置土産《おきみやげ》である例のホモマンガを闇へ葬《ほうむ》ると、

「そろそろ、お茶の用意をしておきましょうか」

何事もなかったように春香を迎えるため、再び機敏《きびん》に動き始めたのだった。

2　迷惑な愛情

「アミューズメントパーク愉《たの》しみだよなぁ」

うきうきと浮かれながら自宅へと帰ってきた春香《はるか》は、コートを脱ぎ捨てると、制服のままベッドのうえへ倒れこみ、嬉しげに手足をばたつかせた。

寿達《ことぶき》と揃《そろ》ってどこかへ遊びにいくなんて、本当に久しぶりで、冬休みがとても待ち遠しかった。

アミューズメントパークは、以前からずっと行ってみたいと思っていたところで。

その日は、あれもして、これもしてと、いろいろと想像するだけで顔が笑ってしまう。

「やっぱり、カメラとか持ってったほうがいいかな。インスタントカメラって中でも売ってんだっけ？」

なんて、今からそんなことまで考えたりして。

春香は、かなりご機嫌《きげん》だった。

今日は祖母の希美香《きみか》が親戚《しんせき》の家に泊まってくることになっていて、誰にも咎《とが》められることなく素のままの自分でいられることが、余計《よけい》に春香の心を浮き立たせていたのかもしれない。

「そうだ。カレンダーに赤丸つけとこう」

ふいにそう思い立った春香は、直《す》ぐさま実行に移そうと、がばっとベッドから起き上がり、壁にかけている大判のカレンダーへと走り寄った。

寿達とアミューズメントパークに行く約束をしたのは、冬休み第一日目である、二十一日。

その日の日付のうえに赤のマジックで大きな花丸をつけると、春香は満足気な笑みを浮かべる。

「早く、冬休みになんないかな」

あと何日と、指折り数えてみたりする春香は、まるで初めての遠足を間近に控えた子供のようだった。

そんな中。

「春香ちゃーん。大変、大変」

幸せな気分をぶち壊す、不吉な声が響いてくる。

続いてがちゃりと扉を開けて姿を現わしたのは、とても二人の子持ちとは思えない、少女趣味の権化《ごんげ》のようなフリルいっぱいの洋服に身を包んだ、母染香《そめか》。

「何が大変なんだよ」

春香が、ぶすっとした顔で問いかけると、

「あらあら、春香ちゃん。それじゃあ、せっかくの可愛《かわい》い顔が台なしじゃない。いつでもにっこり笑ってないと」

染香は本題そっちのけで、そんな頭の悪そうな答えを返してきた。

我が母親ながら、この能天気《のうてんき》さにはときどきついていけないと、本気で思ってしまう。

「可愛くなくてけっこうだよ。それより、いったい何が大変なんだ」

急《せ》かしたように訊ねながら、どうせそんなたいしたことじゃないだろうがと、春香は内心軽く考えていた。

しかし、それはいささか早計だったようで。

「あ、そうよ。大変なのよ、春香ちゃん。お祖母《ばあ》様ったら、今夜は長子叔母《ながこおば》様のところには泊まらず、うちに戻ってらっしゃるんですって」

染香からは、そんな予想外の答えが返ってくる。

「はぁぁ!? 今日は久々に叔母さんとゆっくり語りあかせるって、昨夜《ゆうべ》から愉しみにしてたじゃないか」

「何だか、叔母様のところでもめごとがあったみたいなの。それで、とてもゆっくりしていられる雰囲気じゃなくなっちゃったんですって」

がっくりと肩が落ちた。

せっかく今日一日は、羽をのばして自由を満喫できると思っていたのに。

いいことは続かないものなんだなと、春香は落胆の溜め息を吐く。

「じゃあ、今頃向こうを出発してるとして、あと二時間もすれば帰ってくるのか……」

「それなんだけど。長子叔母様のところも、ごたごたしてるものだから、うちに連絡してくださるまでに、ちょっと時間がかかってしまったみたいなの。だから、お祖母様は随分《ずいぶん》前に向こうを出られてるんで、もうそろそろこちらに着く頃じゃないかって、叔母様おっしゃってたわ」

「何だって!?」

それじゃあ、あと二時間どころか、いつ帰ってきてもおかしくない状況にあるということじゃないか。

「それを早く言えよっ」

そうとわかった以上、呑気《のんき》に構《かま》えてはいられなかった。

時間がないのだ。

「母さん、そこどいて」

「まぁ、乱暴ねぇ」

そんな染香の抗議の声を聞き流し、春香は制服のブレザーのボタンを外《はず》しながら、急いで部屋を飛び出していく。

そして、隣にある姉清香《さやか》の部屋に入ると、奥にあるクローゼットの前へと直行し、躊躇《ちゅうちょ》なくその扉を開いた。

もちろん、中にかかっている洋服はすべて女性用で、れっきとした男である春香には本来用のないものばかりだったのだが。

「お祖母様が戻ったら、すぐに呼びつけられるに決まってるんだ。今のうちに着替えとかなきゃ、遅れるとまたお小言だからな」

なんて文句を言いつつ、春香が中から取り出したのは、清楚《せいそ》な感じのする小花プリントのワンピースで。

春香は、着ていた東雲《しののめ》学園の制服を手早く全部脱ぎ捨てると、すぐにそのワンピースへと袖《そで》を通していく。

それから、ワンピースのうえに手早くカーディガンを羽織《はお》った春香は、ドレッサーの前まで移動すると、ケースの中から見慣れたロングのカツラを取り出して、最後の仕上げに取りかかった。

「……これで出来上がり、っと」

目の前の鏡を覗《のぞ》きこむと、ストレートのロングのカツラをつけた、オカマのような自分の姿が映《うつ》っている。

母染香の若い頃にそっくりだと言われている見事なまでの女顔は、カツラと洋服をプラスしただけで、春香を美少女に見せていた。

だけど、春香にとっては、そんな自分の姿は醜悪《しゅうあく》なうえに滑稽《こっけい》でしかない。

「気持ち悪っ……」

鏡に映った自分の顔を掌《てのひら》でばしっと叩き、春香は嫌そうに顔を顰《しか》めた。

春香がこんなオカマのような格好《かっこう》をしているのは、別に女装が趣味なわけでも、女になりたいわけでもないのだ。

好き好《この》んでしている格好ならともかく、そうではないのだから、それは男としてごく普通の反応だった。

ここで鏡に映る自分の姿にうっとり見惚《みと》れるようでは、ただの変態かよほどのナルシストである。

いっそそうであれば、もっと気楽に生きられたのに。

「あーあ。いつまでこんなこと続けなきゃなんないんだろ」

もう口癖《くちぐせ》になってしまった台詞《せりふ》を呟くと、春香は大きな溜め息を吐いた。

そんなに嫌なら、こんな格好しなければいいじゃないかと思われるだろうが。簡単にそれができるくらいなら、とっくにこんな格好やめていた。

やめられない事情があるから、困るのだ。

伊達《だて》や粋狂《すいきょう》で、二年もこんな格好が続けられるわけがない。

春香には、自分の意志を曲げてでもこんな格好を続けなければならない、特殊な家庭の事情があった。

深森家の特殊な家庭の事情。

それはすべて、二年前の突然の爆弾宣言が始まりだった。

二年前、春香の四つ年上の姉清香が『これからは男として生きる』とカミングアウトしたおかげで、心臓の弱い祖母希美香が発作を起こし、精神的ショックから自分を護《まも》るためなのか、ちょっとした記憶障害に陥《おちい》ってしまった。

それが、清香と春香の性別を取り違えるという、とんでもないものだったせいで、春香はそのときからずっと、家の中では深森《みもり》家の長女として過ごすことを余儀《よぎ》なくさせられているのだ。

なにしろ、希美香は今度発作が起きれば命の保証はできないと医者に言い渡されていて、希美香を生かすも殺すも春香次第という恐ろしい図式が、春香の目の前につきつけられているのだから、逃げ出せるはずもない。

女の格好なんて、嫌で嫌で堪《たま》らなかったが、希美香に事実を告げることもできず、もう二年もこの最悪の状態が続いていた。

「くそぉ、あのとき姉さんさえあんなこと言い出さなければ、俺がこんな目にあうこともなかったのに」

溜まりに溜まったストレスは、日々春香の怒りをかきたて、すべてはことの元凶である清香へと向けられる。

清香のことが嫌いなわけではないが、清香のしたことは許せない。

ことの元凶である清香が、望みどおり男として生きる自由を手に入れ、恋人と愉しく暮らしているというのに、何の罪もない被害者の自分だけがこんな苦況を強《し》いられているのかと思うと、なんとも腹立たしい気分になってくるのだ。

男は男らしく。

常にそう声高《こわだか》に主張している自分が、こんな格好で女として暮らしているなんて、情けないことこのうえない。

だから、一日も早くこの苦況から解放されて自由を手に入れることが、春香の一番の望みだった。

だけどそれがかなわない今は、

「冬休みになったら、ばんばん外に遊びに行って息抜きしてやる」

そんな細《ささ》やかな自由で我慢するしかない。

春香は、もう一度鏡で自分の姿をチェックすると、

「よし、じゃあ行くか」

自分で自分に喝《かつ》を入れて、希美香の自慢の孫娘を演じるために、清香の部屋をあとにしていた。


「長子のところの孫娘は、いったい何を考えてるんだろうねぇ。あんな髪の毛をホウキのように逆立てたふにゃふにゃした男と今すぐ結婚したいだなんて、まったく理解に苦しみ

ますよ」

妹である長子の家から帰ってきたばかりの希美香は、うんざりしたような口調でそう言うと、腹心の家政婦の茂子《しげこ》が運んできたお茶にゆっくりと口をつける。

長子のところで起こったもめごととは、孫娘の千代子《ちよこ》が突然派手な外見の年下の男をつれてきて、結婚宣言をぶちかましたことだったのだ。

希美香はよそ様の家庭争議に巻きこまれかけたことで、いささかお疲れの様子だった。だから、希美香としてみればここで周りの賛同を得て、溜まった愚痴を一気に吐き出したいところだったのだろうが。

「あら私、ホウキみたいな頭の男の子ってテレビの中だけかと思ってたわ。ああいう男の子って、バンドとかいうのをやってるんでしょう。千代子ちゃんの恋人もそのバンドをやってる人なのかしら」

「さぁ。今は、いろんなファッションが流行《はや》ってますからね。バンドマンとは限らないかもしれませんよ」

呑気者の染香と侑平《ゆうへい》は、希美香に賛同するでもなく、ひたすらマイペースに愉しげな会話を交《か》わす。

そんな両親の隣に座った春香は、何だか嫌な予感を感じて落ち着かなかった。

こういうとき、ムキになる希美香の性格を、よく知っていたからだ。

「だいたい、一人娘だからといって大介《だいすけ》達が甘やかすからこんなことになるんです。もっとちゃんと厳しく躾《しつ》けていれば、あのようなろくでもない男に心を許すことなどなかったものを。まったく、嘆《なげ》かわしいかぎりです」

案の定。

染香達に賛同を得られなかったことで、希美香はことさら厳しい口調で文句を並べ立て始める。

「それに、結婚前にもうお腹に赤ん坊がいるなんて。千代子があんなふしだらな娘だとは思いませんでしたよ。今の若い娘は、貞操観念が薄れてきているときいてましたが、まさか千代子までがそうだなんて、恐ろしい世の中になったものです。春香もそう思うでしょう」

「ええ。そう思います」

しとやかに答える春香の頬は、少し引きつっていた。

あまり歓迎できない話題になってきていることは間違いなかった。

だけど、希美香はそれに気づくことなく、さらに追い打ちをかけてくる。

「千代子も、司《つかさ》さんのような殿方とお付き合いしていれば、こんな間違いはおかさずにすんだでしょうに。ねぇ、春香」

「ええ。お祖母様」

同意しながら、春香は口が曲がりそうだった。

相手が司なら間違いは絶対に起こらないなんて。知らないということは、本当に幸せなことだと思う。

確かに子供ができるなんてことは絶対にありえなかったが、それは春香が女ではないからで。

ほとんど新婚ペースで通ってくる司に、あれだけばんばん犯《や》られていれば、春香が女だったら今頃は、千代子と同じ立場になっている可能性だって、大いに考えられるというのに。

希美香は、司のことを理想の花婿《はなむこ》候補として、完全に信用してしまっていた。

もともと、多くの候補者の中から司を見合い相手に選んだのも、二人の結婚に一番乗り気なのも希美香なのだから、それを思えば当然といえば当然なのだが。

なによりも、結婚するまでは純潔をまもりぬくのが当たり前だと思っている希美香は、春香も当然その教えに従っていると信じているのだ。

そのことに対して、罪悪感を抱かないと言えば嘘になる。

しかし、司を見合い相手に選びさえしなければ、春香の純潔はきっと今もまもられていたはずなのだから、希美香にも責任の一端がないわけではないのだ。

だからここは、最後までうまく騙《だま》されていてくれることを祈るしかなかった。

「春香は本当に、いいお相手に恵まれて幸せ者です。婚姻《こんいん》の儀は、二人が高校を卒業してからということになってますが、司さんになら今すぐにでも、春香を嫁《とつ》がせたいくらいですよ」

それは無理だと、春香は心の中で即座につっこむ。

いくら希美香が春香を司のもとへ嫁がせると決めたところで、実際春香は女ではないのだから、同性である司と結婚できるわけがない。

そりゃあ、今人気の総理大臣が法律をかえてくれれば、なんとかなるかもしれないが。

今のところ、そうなる可能性は万に一つもなかった。

それに、本音を言えば、いくら司のことを恋人だと認めていても、司の嫁《よめ》になるというのは、男としてやはり抵抗があるのだ。

なのに。

「どうしても、卒業まで待たないと駄目《だめ》なのかしら。私、司さんが息子になってくれるのを、とっても愉しみにしてるのに。あと一年以上も待たなければならないなんて、我慢できるかしら」

「今でも司君は、うちの家族のようなものですが。やはり、ちゃんと息子と呼べるようになれば、気持ち的にも違ってきますからねぇ」

春香の性別をしっかり把握している染香達までが、そんな恐ろしいことを言い出すものだから、始末におえない。

染香も侑平も、清香のカミングアウト以来、いろいろ考えた末、恋愛に性別は関係ないのだと結論を出したようで、春香と司の関係についても、春香が幸せならばそれでいいという、応援態勢にあるのだ。

だから、結婚式の式場選びから始まって、お色直しの回数にドレスのデザイン、果ては新婚旅行の候補地まで、どんどん話は盛り上がっていく。

当事者である春香はぽつんと置き去りで、口を挟む隙間《すきま》もなかった。

仕方がない。

どうせ否定も反論もできないんだし、ここは黙って聞き流しておくか。

暫《しば》らく盛り上がったら気がすむだろう。

密かに溜め息を吐きながら、春香が半《なか》ば諦《あきら》めの心境でそう思っていると、扉をノックする音が響いてくる。

「司様がおいでてございます」

なんでこんなときに現われるんだよっ。

タイミング悪すぎだ。

春香は、茂子の声が聞こえたとたん、思いきり顔を顰めていた。

だけど幸いなことに、みんなの意識は扉のほうへ集中していて、誰にも気づかれることはなかった。

「みなさんお揃いで、何だか愉しそうですね」

にっこりと魅力的な笑顔を浮かべ、扉の向こうから姿を現わした司は、いつものように希美香好みの上品なスーツ姿である。

こういうところが、司の計算高いところだ。

そのうえ。

「夕飯どきにご迷惑かと思ったのですが、先程兄の知人から伊勢海老《いせえび》がたくさん送られてきたもので。新鮮なうちに、お届けにあがらせていただきました」

「迷惑だなんてとんでもない。夕食はまだこれからだし、司さんはもう家族も同然ですもの。それに、伊勢海老はお祖母様の大好物なのよ」

「ええ。以前そううかがっていたものですから、これはぜひお届けしなければと思いまして」

こういう見事なオプションまでついていては、司の好感度はぐんぐん上昇していく一方だった。

ご迷惑がどうのと言いながら、ほとんど三日と空《あ》けずに通ってきている図々《ずうずう》しい男の策中に、まんまとはまっているのだ。

「そんな些細《ささい》なことを、まさか覚えてくださってたなんて思いませんでしたよ」

そう言う希美香は、帰ってきたときとは別人のように上機嫌で声を弾《はず》ませる。

「大好きなお祖母様のおっしゃったことを、僕が忘れるわけがないでしょう。お祖母様とお話したことはすべて、ちゃんと覚えていますよ」

このババーキラーめ。

春香は、司ににっこり微笑みかけられて頬を赤く染めた希美香の姿に、思わず心の中でぼそりと毒づいていた。

司の本性をバラしてやりたくなるのは、こんなときである。

しかし、そんなことをすればあとでどんな恐ろしい報復が待っているか知れたものではなかったので、春香はそれを想像するだけで我慢していた。

そんな中。

機嫌のいい希美香は、早速伊勢海老をサシミにおろすように茂子に言いつけ、できたら夕食にしましょうと、司にも誘いかける。

「お食事の用意が整うまで、このカタログでも見ていましょうよ。素敵なドレスがいっぱい載《の》ってるの。色打ち掛けはお祖母様がデザインしてくださるけど、お色直しのドレスは別に準備しないといけないし。一緒に見て選んでくださると嬉しいわ。司さんは、どんなデザインがお好きかしら？」

うわっ。

そんなカタログどこから持ってきたんだ。

「そうですね。僕は……」

「ごめんなさい、司さん。今日出た宿題でどうしてもわからないところがあって、今から教えていただけないかしら」

春香は、染香の質問に答えかけていた司の腕を掴むと、急き立てるように椅子《いす》から立ち上がらせる。

このままここにいては、結婚話がもっと具体化してしまい、本当に取り返しがつかないことになりそうだったからだ。

「何ですか、春香。急にそんなわがままを言い出すなんて、司さんに失礼ですよ」

「春香ちゃん、お食事のあとにお願いしたら？　そんなに急ぐことでもないでしょう」

当然、周りからはそんなブーイングの声があがるが。

「いいんですよ。春香さんは勉強熱心な方ですから、わからないところが気になったままでは、食事も美味《おい》しくないでしょう。すぐにすむと思いますので、ちょっとだけ、席をはずさせていただきます」

当の司が春香の味方につけば、それ以上引き止めることができるはずもない。ここで一番優先されるべきは、ゲストである司の意志なのだ。

「お食事ができたら、すぐに呼びにいきますからね」

そう釘はさされてしまったが、ひとまずこの場を離れられればそれでいいと、春香は司を視線で促して出口の扉へと向かっていった。


そして。

自室へと戻ってきた春香は、扉を閉めた瞬間司に引き寄せられて、あっという間にその腕の中に抱き締められていた。

「いきなり、なんだよっ」

ふいうちをくらって慌《あわ》てる春香に、

「早く二人っきりになりたいってことは、こういうことだろ」

司は、にやりと笑って背中を妖しく撫《な》でてくる。

どうりであっさり同意してくれたと思っていたら、こんな都合のいい誤解をしていたらしい。

「何、勘違いしてんだ。俺は、あのままだと結婚の話がどんどん具体化しそうだったから逃げだしてきただけだぞ」

勝手に誤解するなと、春香は司のことを突き放そうとするが、司は離れるどころかもっと強く抱き寄せてきた。

希美香達の前では絶対に貴公子然とした態度を崩さないくせに、春香と二人っきりになったとたん、司はいつもこんなふうに傲慢《ごうまん》な暴君へと豹変するのだ。

「具体化して何がまずいんだ。俺達は婚約してるんだ、結婚の話が具体化してもなんの問題もないだろ」

なんの問題もないだって!?

問題だらけじゃないか。

「よく考えてみろよ。男同士で、本当に結婚できるわけないだろ」

春香は、抱き締められる腕の力に顔を顰めながら、そう反論する。

「春香は俺と結婚したくないのか」

「したいとか、したくないとか、そういうレベルの話じゃな……うわっ、司、何すんだよっ」

どうして通じないんだと、ムキになっていた春香だったが、背中側からワンピースの裾《すそ》をたくしあげて下着の中へと侵入してきた司の無遠慮な手に、動揺して声までが裏返っていた。

「嫌だって、司」

必死に逃れようとするが、うまくいかない。

いやらしく尻を撫で、そのまま奥に隠された場所へと指先を滑らせた司は、確認するように入り口の周りをぐるりと指でなぞってくる。

「こっちの口に質問したほうが、早そうだな」

意地悪く耳元で囁《ささや》く司は、悪魔だった。

「ヤっ……痛っ」

いきなりぐいっと突き挿《い》れられてきた司の指に、身体が震える。

なんの潤《うるお》いも与えられず、乾いた指を受け入れるのは、かなり苦痛だった。

なのに、司は少しも躊躇することなく、狭い中を分け入ってくる。

奥へ奥へと、深く飲みこんでいく指の感触が、ひどくリアルに感じられた。

「あぁっ」

すべてを受け入れると、乱暴に内壁を擦られ、短い声が漏《も》れる。

「こういうの…ヤだ。痛いって…言ってるのに……」

司の背中をバシバシと叩いて抗議してみても、中を掻《か》き回す、いやらしい指の動きは止まらなかった。

それどころか、

「嫌じゃないだろ。こんなに絡みついて、俺のことを歓迎してるじゃないか」

指をゆっくり抜き差ししながら、からかうように囁いてくる。

「な……」

なんでこいつは、こういうエロい台詞を言いたがるんだ。

頭に変な虫でもとりついてるんじゃないのか？

春香は、真っ赤になりながら、司のことを睨みつけるが。

「……あっ……」

司が狙ったように、一番感じる場所を強く擦りあげてきて、全身に走った甘い痺れに意識をさらわれてしまう。

春香の身体を知り尽くした司にとって、春香から快感を引き出すことは容易《たやす》いことで。

苦痛しか感じていないと突っぱねるには、春香の身体の変化は歴然としていた。

前立腺を刺激されたことで、その刺激がダイレクトに前に伝わり、春香のモノはしっかり勃《た》ちあがっていたのだ。

「あ……ヤ……ぁっ……」

沸《わ》き起こる快感の波に、羞恥を感じる傍《そば》から、もっと強い刺激を求めて腰がうねる。

身体が熱くてたまらない………。

「んっ…」

そんな状態で口づけられて、春香は頭がぼーっとなっていた。

「ふっ…んっ……」

強く舌先を吸い上げられ、口腔《こうこう》を愛撫《あいぶ》されるたびに身体は震え、足から力が抜けかけるのを司に支えられる。

口腔と、身体の奥を同時に愛撫される快感に、春香は暫らく酔い続けた。

そのうち。

それだけでは足りず、昂《たかぶ》っている自身をなんとかしたくなってきて、春香は無意識のうちに手を伸ばしていた。

だけど、司に正面から抱き寄せられているために、目的の場所へと辿《たど》り着くことができず、春香は焦《じ》れたように身体を身動《みじろ》がせる。

そうすると、中に飲みこんだままの司の指をよりリアルに感じてしまい、身体はますます熱くなった。

長い口づけから解放されると、

「司……これ……」

堪えきれず、ねだるような声が春香の唇から漏れる。

自分でなんとかできないのなら、司にすがるしかなかった。

「こっちも弄《いじ》ってほしいのか?」

わかっているくせに、司は意地悪く訊いてくる。

こくんと頷く春香は、潤んだ瞳で司の顔を見つめた。

だけど、司の悪魔ぶりは、こういうときにこそ発揮される。

「このまま放っておいても、達《い》けるんじゃないか?」

そう言ってにやりと笑う司に、春香は過去それを何度も実践されて、散々啼《な》かされていた。

身体の奥を指で弄られるだけで達かされたり、胸の突起を愛撫されるだけで達かされたり。司は春香が嫌がることがわかっていて、わざとそんな恥ずかしいことを強いてくるのだ。

「このままじゃ……ヤだ」

春香は、これ以上焦らされたらおかしくなってしまうと、司の首を引き寄せて、自分から口づける。

ただ触れるだけの口づけだったが、司には効果があったようだ。

「誘い方がうまくなったな」

司は口許《くちもと》に笑みを浮かべ、春香の望みを叶《かな》えるために、股間《こかん》の昂りへとゆっくりと指を絡《から》めてきた。

すると。

「あぁ…あっ」

それまでにも充分昂っていただけに、ほんの二、三度扱《しご》かれただけで、ものすごい快感が身体を駆け抜けていく。

後ろと前を同時に攻められると、その快感は倍増だった。

「んっ……あ……ぁっ」

このまま一気に高みへ昇りつめようと、春香は快感を追うことだけに意識を集中させていくが。

「どうやらタイムリミットのようだ」

あとちょっとで達けるというときになって、突然司はそれまでの行為をぴたりとやめてしまう。

「司……」

また意地悪が始まったのかと、春香が恨みがましい瞳で司を見ていると、扉をノックする音が響いてきた。

「春香ちゃん、司さんお食事の用意ができましたよ。お勉強はそのへんできりあげて、みんなでお食事をいただきましょう」

染香が、先刻《さっき》の宣言どおり、二人を呼びにきたのだ。

毎度毎度、お約束のようなタイミングで現われる染香に、春香はわざと狙《ねら》ってきてるんじゃないだろうなと、思わず疑いたくなってくる。

「わかりました。すぐに行きます」

いつもどおり平然と応対する司も司で。

春香は独《ひと》りおたおたしながら、身体の熱をもてあまし、情けない状況にあった。

くそぉ。司の奴、自分だけ涼しい顔しやがって。

こんなにしたのは、お前のくせに。

なんて嫌な奴なんだ！

達くに達けないもどかしさを、春香は頭の中で司へ悪態を吐くことで、なんとか堪《こら》えようと努《つと》める。

いくらなんでも、まだ染香が扉の向こうにいるこの状況で、自分で処理するなんて大胆な真似《まね》ができるはずもなかった。

春香は、司のように図太い神経をしているわけではないのだ。

だから、司を先に行かせて、そのあと急いで独りで処理しようと、春香はそう算段していたのだが。

「さあ春香さん、急ぎましょう。お祖母様達を、長くお待たせするわけにはいきませんからね」

「さ、先に行っててくれよ」

司に腕を掴《つか》まれ、ぎょっとして小声で懇願する。

このままの状態で、部屋の外に出ていけるはずがなかった。

「我慢できないのか？」

「できるわけないだろ」

即答する春香に、司がくすりと笑いを漏らす。

笑われようがどうしようが、我慢できないものは我慢できないのだ。

「春香ちゃん、どうしたの？」

なかなか出てこない二人に焦《じ》れたのか、染香が再び声をかけてきて、春香の焦《あせ》りはどんどん大きくなっていく。

「頼むから」

春香はもう必死だった。

「しょうがないな」

司が承知してくれたことで、ほっと息を吐く。

「染香さん、すぐに行きますので、先に戻っていていただけませんか。僕達は机のうえを片づけてから行きますので」

なんでそうなるんだ!?

慌てる春香ににやりと意味深な笑みを浮かべて見せた司は、素早く春香の足元に跪《ひざまず》き、ワンピースの裾を持ち上げて、下着の中から今にも弾けそうなくらいに張り詰めているモノを掴み出してしまった。

「じゃあ、私は先に戻りますけど。すぐにきてくださいね」

「ここを片づけたら、すぐに行きます」

司はすました顔で染香にそう返事すると、すぐに目の前のモノを片づけにかかる。

「わっ」

含まれた口腔の熱さに、びくんと身体が震えた。

強く先端を吸い上げられると、それだけでもう限界で。春香はあっという間に、それまで我慢してきたものを一気に放出してしまっていた。

春香の放ったものをすべて口腔で受けとめた司は、それを躊躇なく飲み下すと、荒い息を吐く春香の前で、濡れた唇を手の甲で拭《ぬぐ》いながらゆっくりと立ち上がる。

「勉強の続きは、食事のあとでゆっくり、手とり足とり教えてやるから、愉しみにしてろよ」

なんの勉強なのかは、訊くまでもなかった。

結局は、こうなるんだよな……。

春香はずらされた下着を引っ張りあげながら、諦めたような溜め息を吐く。

そして、そのあと。食卓に並べられた、伊勢海老の活《い》きづくりの美味しさに幸せを噛《か》み締めたのも束《つか》の間。

勉強という名目で早々に自室へと引き戻された春香は、人に言えない勉強に励むことになったのだった。

3　攫《さら》われた姫君

春香《はるか》がカレンダーに花丸をつけたあの日から、なんだかんだで慌《あわ》ただしく日々は過ぎていき、終業式はあっというまにやってきた。

生徒会長として、休み前の決まりごとである学期の締め括《くく》りの挨拶や、冬休み中の注意事項の確認をそつなくすませ、とりあえず今学期中の生徒会の仕事が終了すると、気持ちにゆとりがでてくる。

最後に手渡された通知表の中身も、前学期と変わりなく、満足いく結果が示されていたし。

これで安心して冬休みを迎えることができると、春香は今年最後のH・R《ホーム・ルーム》が終わるのをうきうきしながら待っていた。

明日は、寿《ことぶき》達とアミューズメンドパークへ遊びに出かけることになっている、約束の日で。

そのことも、春香を浮かれさせている理由の一つだった。

もちろん、浮かれているのは春香だけではなく。

「春香、明日のアミューズメントパーク行き、愉《たの》しみだな」

「天気予報も、明日は一日晴れだって言ってたし。思う存分遊べるぜ」

「夕食は、近くに美味《おい》しいベトナム料理のお店があるそうですから、そこに行ってみましょう」

三人の下僕達も、H・Rが終わったとたん、口々にそう言いながら、嬉《うれ》しげに周りに集まってくる。

下僕達の間では明日のプランはばっちり決まっていて、春香の喜ぶ顔を想像しただけで、すでに幸せモードに突入している彼らだった。

そんな彼らに向かって、

「ホント、めちゃめちゃ愉しみだよ。四人で出かけるの、本当に久しぶりだもんな。俺、父さんにカメラも借りたんだ。明日、みんなでいっぱい写真撮《と》ろう」

燥《はしゃ》いだように声を弾ませながら、春香は極上の笑顔を見せる。

その笑顔に心臓を射抜かれた下僕達が、明日はこれ以上の笑顔を春香から引き出せるように頑張ろうと心に誓ったのは、いうまでもなかった。

それから、あれやこれやと、明日のことを打ち合わせて、四人で笑い合う。

「だけど、こうやって悠長に明日のことを話せるのも、トラブルメーカーの火崎《ひざき》兄弟が揃《そろ》って休んでくれてるおかげだよな」

「それは言えてる。あいつらが傍《そば》にいれば、邪魔してくるのは目に見えてるからな。これから当分は、仕事優先で頑張ってほしいもんだぜ」

ここまで言うと可哀相《かわいそう》かなと思いながらも、高橋《たかはし》と鈴鹿《すずか》の台詞《せりふ》に、春香はうんうんと頷いていた。

兄である翡翠《ひすい》は春香を追いかけ、弟である珊瑚《さんご》は寿を追いかけ、それぞれ恋のためにこの東雲《しののめ》学園に転入してきたお騒がせ兄弟は、それだけ春香達を振り回しているのだ。

今回のアミューズメントパーク行きについても、珊瑚は散々ごねていたし。今ここにいれば、絶対邪魔してやると暴れているに違いなかった。

それは、翡翠も同じである。

そんなお騒がせ兄弟が数日前から学校を休んでいるのは、二人が学生だけでなく、それぞれがデザイナーとモデルという二足のわらじを履《は》いているからで。

齢《よわい》十七にして人気ブランド『BAKU《バク》』のメインデザイナーの翡翠と、その翡翠が新たにたちあげた『SHERRY《シェリー》』のイメージモデルに決まったばかりの珊瑚は、今が一番多忙な時期だからだ。

なんでも今は、パリのアトリエでニューイヤーショーの準備に追われているらしい。

「珊瑚君は、日本に帰りたいと毎日暴れているようですが、仕事がある以上仕方のないことですからね」

そう言って苦笑する寿は、実際電話で毎日のように珊瑚に『帰りたい』と暴れられている被害者だった。

それでも居留守も使うことなく、毎回長電話に付き合っているところが、面倒見のいい寿らしいところだ。

「翡翠も、こと仕事に関しては、妥協を許さない奴だからな。翡翠がOKを出すまでは、珊瑚も付き合わされるんだろうな」

春香は、自分が『SHERRY』のイメージモデルとして、一時期特訓されていたときのことや、前回の白雪姫の劇のことを思い出して、少しだけ珊瑚に同情する。

翡翠は仕事に関することでは、相手が他人だろうと身内だろうと、一切の妥協や手抜きを許さない完璧主義者的なところがあるのだ。

いつまでパリに行っているのかは知らないが、当分は海の向こうで激しい兄弟喧嘩《げんか》が続くことだろう。

「だけどさ、たしか珊瑚の奴、クリスマスはルーとラブラブな一夜を過ごすとかなんとか言って、ウェスティンホテルのスイートルームを勝手に予約してただろ。あいつの根性なら、海を泳いででもイブの日までには帰ってきそうな気がしないか」

「珊瑚の場合ありえそうだから、怖いよな。万が一のことを考えて、イブの夜はみんなでカラオケボックスにでも避難しとくか。なぁ、春香」

「鈴鹿も高橋も、他人ごとだと思って面白がってますね」

寿をからかいのネタにして、その場はさらに盛り上がりをみせるかと思われたが。

「俺……クリスマスは予定が入ってるから、カラオケには付き合えない。ごめんな、俺一人いっつも付き合い悪くて」

高橋の台詞をまともに受け取った春香は、すっかりしゅんとなって、テンションダウンしてしまっていた。

それに焦ったのは、下僕達である。

「春香、今のは冗談だって。イブの夜は、俺も家族で食事にでかけることになってるし。寿や鈴鹿も、予定ありだよな」

失言を反省した高橋が真っ先にフォローに入ると、話をふられた寿と鈴鹿も、そうだ、そうだと、速攻で相づちをうつ。

「みんなでカラオケというのも確かに魅力的な話ですが、僕の家は仏教徒ですから、そういう異教の祝いごとの日は静かに家で家族と過ごすのが決まりなんです。だから、たとえそれが冗談ではなかったとしても、参加できません」

「俺も、その日はじーさんの家のパーティーに呼ばれてるから、当然パスだな。みんなとカラオケのほうが愉しいに決まってるが、じーさんの機嫌を損《そこ》ねると、あとあと面倒なことになるからな。じーさん孝行も大変だぜ」

春香の沈んだ気持ちを浮上させようと、下僕達は必死だった。

なにもこれくらいのことで、ここまで必死にならなくても、という感じだったが、春香の笑顔を護《まも》ることを第一にしている彼らにとって、その笑顔を曇《くも》らせることは、重罪に価《あたい》するのだ。

「なんだ、みんな予定が入ってたのか。そうだよな、クリスマスだもんな」

そう言って、ほっとしたように小さく息を吐く春香に反応して、下僕達の唇からも安堵《あんど》の溜め息が零《こぼ》れた。

そして。

「では、そろそろ帰りましょうか。遅くなると、お祖母《ばあ》様がご心配なされるでしょうし。明日のこともありますから」

これ以上、この話題を続けていてはまずいと判断した下僕達は、春香に下校を促《うなが》してくる。

クリスマスといえば、恋人達のメインイベントの一つで。このままだと、そのうち春香の口から、司《つかさ》とのクリスマスの予定を匂《にお》わせる台詞が、飛び出してしまいそうだったからだ。

聞かなくてもわかっているが、聞かずにすむものならそうしたい。それが、下僕達の本音だった。

だけど、そうとは知らない春香は、家の中では女として生活しなければならない自分の特殊な家庭の事情を知っても、軽蔑するどころか、いろいろ気遣《きづか》ってくれる彼らの友情が本当に嬉しくて、胸をじーんとさせながら、促されるままに教室をあとにしていた。

それから、春香が自宅に辿《たど》り着くまでの間。

四人の間でクリスマスに関する話題が口にのぼることは、一度もなかった。

「じゃあ、明日駅に九時集合だな」

そう確認して寿達と別れた春香は、いつものように正面玄関の前を素通りすると、裏手にある勝手口から家に入り、そーっと音を立てぬように忍び足で自分の部屋へと向かっていく。

自分の家の中で、どうしてこんな泥棒みたいな真似《まね》をしているのかというと、それは希《き》美《み》香《か》に男の姿を見せないためと、少しでも素のままでいられる自由な時間を確保するためだ。

「茂子《しげこ》さんにも見つからずにすんだし、これでちょっとはゆっくりしてられるな」

春香は自室の扉の前まで辿り着くと、希美香の腹心の家政婦である茂子に今日も帰宅を悟られずにすんだことに安堵して、ほっと息を吐く。

そして、春香が静かに扉を開けると、

「お帰りなさい、春香ちゃん」

染香《そめか》がいきなり目の前に飛び出してきた。

「うわっ。なんだよっ」

なんで俺の部屋の中にいるんだよ。

春香は、驚きに一歩後退《あとずさ》っていた。

なのに。

「待ってたのよ、春香ちゃん。急いで、このお洋服に着替えてちょうだい。カツラもここに、もってきてあるから。さぁ、急いで、急いで」

どうやら春香が帰ってくるのを待ち構《かま》えていたらしい染香は、春香の驚きなど完全無視で、手にしていた新品らしい洋服をぐいぐいと押しつけてくる。

「ちょっ…母さん…」

「春香ちゃん、時間がないの」

時間がない!?

どういうことだ?

わけがわからぬままに染香に急き立《せ》てられ、春香は仕方なく手渡された洋服へと着替え始めるが、その洋服が『SHERRY』のものだとわかると眉間《みけん》に皺《しわ》が寄ってきて、着替える手もそこで止まってしまった。

『SHERRY』の服は、デザイナーである翡翠からのプレゼントで、それこそ山ほど持っていたが、この服はワードローブの中のものではない。

だとしたら、新しく買うか誰かに貰《もら》うかしたのだろうが、前者の可能性は極めて低そうだった。

「この洋服どうしたんだ?」

訝《いぶか》しげに問いかけると、

「素敵でしょう。『SHERRY』の新作なんですって。衿《えり》のところのファーが、付け外《はず》しできるようになってるのよ」

染香からは、そんな的《まと》外れな答えが返ってくる。

「違うだろ。俺が聞きたいのは、これを誰から貰ったのか、ってこと」

春香は焦《じ》れて、今度はずばりと切りこんでいた。

「これを贈ってくださったのは、力《ちから》さんよ」

「力さん……って。あの力さん?」

意外な答えに、春香思わずそう問い返してしまう。

「春香ちゃんの言うあの力さんが、どの力さんかわからないけど。このお洋服をプレゼントしてくださったのは、司さんの一番上のお兄様の、道前寺《どうぜんじ》力さんよ」

「道前寺家の人間は、みんなプレゼント好きなのか?」

司も、そのすぐ上の兄の尚《ひさし》も、何かというと理由もなしに春香にプレゼントを贈ってくるし。桁《けた》外れの金持ちとは、皆そういうものなのだろうか。

春香には、理解できない感覚だった。

「みんな、春香ちゃんの喜ぶ顔が見たいのよ」

全然喜んでなんかいないって。

女物のプレゼントを喜ぶようになったら、変態の仲間入りだ。

春香は心の中で悪態を吐きつつ、シャツまで脱ぎ捨てた今の格好《かっこう》では寒すぎると、とりあえず着替えをすませることにする。

そして。

着替えをすませ、カツラをつけ終えた春香は、洋服の色とお揃いの白いリボンを頭に結んだほうが可愛《かわい》いと、嫌がる傍から染香にしつこく主張されて、そのうち抵抗するのも面倒くさくなってしまい、最後には染香の好きにさせていた。

「すごく可愛いわよ、春香ちゃん。まるで、白い妖精みたい。力さんがなんとおっしゃるか、とっても愉しみだわ」

「誰が、白い妖精だ。気色悪い」

うんざりした顔で、春香は能天気《のうてんき》な染香に抗議する。

本当に反応すべきは、染香の台詞の後半部分だったのだが、春香はそれを聞き流してしまっていた。

「あら、いけない。お喋《しゃべ》りしている時間はなかったんだわ。春香ちゃん、急ぎましょう。

力さんがお待ちかねよ」

なんだって!?

「お待ちかねって……まさか、力さんがうちにきてるってこと!?」

「ええ、そうよ。はい、この荷物も忘れないでね」

動揺する春香に、ひょいっと差し出されたエルメスの旅行鞄。

「何? この荷物」

力がうちにきていることと、目の前のこの荷物とがどう結びつくのかわからず、春香が顔を顰《しか》めていると。

「だいたいのものは、もうむこうで準備してくださっているそうだから。とりあえず、下着とか、細々したものだけ入れておいたわ。他に何か必要なものがあれば、すぐに取り寄せてくださるそうだし、心配ないわね」

染香が質問の意味からズレた答えを、愉しげに返してくる。

「なんか嫌な予感がしてきたぞ。まさか、俺、これからどこかに行かされるとか言わないよな」

思わず顔が引きつっていた。

「そのまさかよ、春香ちゃん。白馬《はくば》にある道前寺家の別荘へ、力さんがこれから連れて行ってくださることになってるの。クリスマスパーティーの会場が、急にそちらの別荘に変更になったんですって。だから、むこうでゆっくりできるように、わざわざ早めに迎えにきてくださったのよ」

予感が確信に変わる。

嫌な予感ほど、当たってしまうものなのだ。

「冗談だろ――――っ」

こうなったら、もう、叫ぶしかなかった。

だけど、どんなに叫んだところで状況が変わるわけではない。

結局、自室を出てから三十分後――――。

「春香、これから一週間もの間よそ様のところにお世話になるのですから、くれぐれも粗《そ》相《そう》のないよう気をつけるんですよ。あなたの恥は、この深森《みもり》家の恥になるのだということを、肝《きも》に銘《めい》じているように。わかりましたね」

「春香ちゃん、あちらはかなり寒いみたいだから、風邪《かぜ》ひかないでね。お土産《みやげ》話、愉しみにしてるわ」

上機嫌な希美香と染香の見送りを受け、春香は力のエスコートで、黒塗りの外車の中へと乗りこむ羽目《はめ》になっていた。

白馬にある道前寺家の別荘に辿り着くには、車で三時間以上は走らなければならないので、早めにこちらを出発する必要があったのだ。

「いってまいります」

窓からにこやかに手を振って、希美香達に別れを告げた春香だったが、車が家から離れていくにしたがって、顔から笑みが消えていく。

これからのことを考えると、とても笑っていられる心境ではなかった。

日本でも五指に入る財閥《ざいばつ》、道前寺グループの総帥《そうすい》である道前寺鷹尚《たかなお》主催の、クリスマスパーティーへの招待状。

先月、学園祭のごたごたが一段落したあと、届けられたその招待状を目にしたとき、すでに悪い予感は感じていたのだが。

まさかこんな展開が待っているとは、予想もしていなかった。

当初の予定では、パーティーは道前寺家の本宅で行なわれることになっていて、パーティーの間だけ堪《た》え忍べばなんとかなると思っていたのに。

それが一日どころか一週間も、悪魔の巣窟《そうくつ》へと放りこまれるなんて。考えただけで、気が遠くなってくる。

それに、明日は春香がずっと愉しみにしていた寿達とアミューズメントパークに行く約束の日なのだ。

なのに白馬の別荘に連れ去られてしまっては、約束を果たすことなど、どう考えたって不可能である。またしてもドタキャンすることになるんだと思うと、寿達のがっかりする顔が目に浮かび、いたたまれない気持ちになった。

本当は、パーティーへの招待もろとも、別荘への誘いも断ってしまえればなんの問題もないのだが、希美香の反応を想像すると恐ろしくて、とても実行に移すことはできなかった。

パーティーの招待状が届いた時点から、まるで自分が招待されたかのように喜んではりきっていたのだから、希美香の反応は手に取るようにわかる。

希美香という弱点がある以上、春香に選択肢などあるわけがないのだ。

だから春香はさっきから、これは仕方がないことなのだと自分に言い聞かせる努力をしているのだが、あまりうまくはいっていなかった。

向こうについたら、真っ先に寿達に電話して、明日の約束はキャンセルすることを伝えて謝《あやま》らなきゃ駄目だよな。

寿達きっとがっかりするだろうなぁ。

俺も、超がっかりだよ。

そんなことをつらつら考えているうちに、春香の唇から、我知れず大きな溜め息が漏《も》れた。

「どうしました？　なんだか沈んでしまわれたみたいですね。やはり、一週間もご家族の方々と離れるのはお嫌ですか？」

ふいにかけられた心配げな声に、春香ははっとなって、俯《うつむ》いていた顔をあげる。

そうすると、向き合わせに座っている力とばっちり視線があって、春香はやばいと思うより先に、一瞬胸がどきっとなった。

それは、力に対して特別な感情を覚えたとか、そういうわけではなく。力のうえに、大人になった司の姿を重ね見てしまったからだ。

シックなスーツを品よく着こなし、長い足を組んで座っている姿は、優雅なうえにすごく堂々としていて格好よく見える。

力は今年三十歳で、司とは十三歳離れているわけだが、顔の造りはそっくりなので、将来はこうなるという見本が目の前にあるようなものだった。

「すみません。一週間も家を離れるのはこれが初めてなものですから、少し不安になってしまって。でも、今だけのことだと思いますから、お気になさらないでください」

春香は、思わずそのまま力に見惚《みと》れていそうになった自分を内心で叱責《しっせき》し、淑《しと》やかな大和撫子《やまとなでしこ》をよそおい、はかなげに微笑む。

道前寺家の人間で、春香が本当は男だということや、女装をせざるをえなくなった深森家の特殊な家庭の事情を知っているのは、司と、そのすぐうえの兄である三男の尚だけなので、何も知らない力の前ではいつもどおり、秘密がバレないように女のフリを続けていなければならないのだ。

「もしかして、無理強《じ》いする形になってしまいましたか？」

「いいえ。無理強いだなんて、そんなことはありませんわ。白馬には一度も行ったことありませんし、今からあちらに着くのがすごく愉しみです」

内心で、よくわかってるじゃないかと返しながら、表面上はにこやかに、春香はそう言って取り繕《つくろ》う。

ここで不審《ふしん》を抱かれてしまっては、秘密露見《ろけん》のピンチだと、演技モード全開の春香だった。

「白馬はとても素敵なところですよ。ちょっと時期を外していることは確かですが、空気は澄んでますし。静かでゆったりとした気分になれますよ」

ちょっと時期を外してるもなにも、今の時期の白馬なんて、スキー目的でもなければ、わざわざ出向いていくような場所ではないと思うのだが。力がそう言うのなら、同意しておかねばならない。

「わかりますわ。静かなところというのは、本当に気持ちが落ち着きますものね」

春香は、ここぞとばかりのとびきりの笑顔を浮かべ、力に頷いて見せた。

すると。

「こういう笑顔を、天使の微笑みと言うのでしょうね。白でまとめた今日の格好も、まさに『地上に舞いおりてきた天使』という感じですし。春香さんの背中に羽がないのが、不思議な気がしますよ」

力がそんな歯の浮くような赤面ものの台詞を、さらりと告げてくる。

こういう歯の浮くような台詞を平然と口にできるのが、道前寺兄弟の特徴でもあった。

「そんなふうに言われると、恥ずかしいですわ」

いや。本当は、言われている台詞自体が恥ずかしかったのだが。

言っている本人は、いたって普通の会話のつもりなのだから、こちらもさらりと流すしかなかった。

　それから、春香を褒《ほ》めたたえる力の台詞は暫《しば》らく続き、春香は内心うんざりしながらそれに付き合っていたが。

「春香さん。向こうに着くまで、あと三時間はかかりますから、少しお休みになってはいかがですか？　車での移動は疲れますし、そのほうが楽だと思いますよ」

　ふいに力が、気のきいた提案をしてくる。

　やった。助かった。

　春香は、内心大喜びしている自分を隠し、

「でも……」

　と、躊躇《ためら》うフリをしてみせる。

　もちろん。力の反応は計算ずみだ。

　そして、その計算どおり――――。

「ああ、私のことならお気になさらなくてもけっこうですよ。目を通しておかなければならない書類がありますので」

　力にそう優しく促された春香は、ドアに身体を寄せて、凭《もた》れるようにしてゆっくりと瞳を閉じる。

だけど、それは力とこれ以上話さなくてすむための手段だったので、春香は別荘に到着するまで眠ったフリをするだけで、本気で眠るつもりではなかった。

どんなことで秘密がバレるかわからない状況で、力の前で無防備に眠ってしまうなんてできるわけがない。

…………なんて気をはっていたはずの春香だが。

いつのまにか心地よい車の振動に眠気を誘われて、完全に夢の世界へと飛んでしまっていた。

4　機嫌をなおしてもう一度

「春香《はるか》さん、お茶のお代わりはいかがかしら。今度はアップルティーを淹《い》れてみたのだけれど」

「あ、はい。いただきます」

優雅な仕草《しぐさ》でお茶のお代わりを勧めてくる、力《ちから》の妻玲花《れいか》に、春香がにっこり笑って対応していると。

「春香お姉ちゃま。エミリ、お姉ちゃまにこのご本を読んでほしいなぁ」

隣に腰かけている、今年五歳になったばかりの力の娘エミリが、くりっとした大きな瞳をぱちぱちと瞬《まばた》かせて、愛らしくくせがんでくる。

そして。

「このご本がエミリちゃんのお気にいりなの？」

エミリから手渡された『お月さまとおはなし』というタイトルの絵本を、春香がぱらりと捲《めく》りながらエミリに問いかけていると。

「春香さん、このマロングラッセもいかが？　とっても美味《おい》しいのよ」

玲花が今度はマロングラッセの入った菓子皿を、目の前に差し出してきて。

「お母さま。春香お姉ちゃまは、エミリとおしゃべりしてるんだから。横から話しかけてきちゃダメ」

「あら。お母様も、春香さんとお喋《しゃべ》りしたいんだもの。エミリが独《ひと》り占《じ》めしちゃうと困るわ」

「ダメダメ。エミリのお姉ちゃまなの」

「まぁ、エミリったらけちんぼさんね」

いつのまにか、そんな母子喧嘩《げんか》が始まっていた。

母子喧嘩とかいっても、険悪なものではなく、言うなればじゃれあいのような言葉のやりとりだけなのだが。

間に挟まれた春香は、どういう態度をとっていいのかわからず、ちょっと困惑気味だった。

春香はあまり詳しいことを聞かないうちに、急《せ》かされるようにして車に乗せられてしまったので、別荘にはすでに道前寺《どうぜんじ》家の面々が勢揃《せいぞろ》いしているものだとばかり思っていたのだが。

今現在、ここにいるのは力達一家だけで。

司《つかさ》や他の家族達は、後日都合に合わせて、それぞれバラバラにやってくることになっているらしく、力達以外には、本宅のほうから同行してきている、数人の使用人がいるだけだった。

力は今日入りだったが、玲花とエミリは一昨日《いっさくじつ》から、使用人達を連れて先乗りして皆を迎える準備にかかっていたのだそうだ。

だから二人が、やっと訪れたゲストの春香をかまってくる気持ちもわからないではなかったが。

夕方、春香がこの白馬にある道前寺家の別荘に到着したときから、玲花とエミリはずっとこの調子なのだ。

二人でどちらが春香の気を引けるか、競《きそ》っているふうなのである。

そんな中。

「玲花もエミリも、久しぶりに春香さんにお逢いして、浮かれているのはわかりますが。春香さんは、夕方こちらに到着されたばかりでお疲れなのですから。もう今日はこれくらいできりあげて、お部屋でゆっくり休んでいただきましょう」

なんと、意外にも気遣《きづか》うように助け船を出してきたのは、この場で一番発言力のある力で、春香は密かにほっと息を吐いていた。

玲花達のような美人親子に歓迎されれば、男として悪い気はしない。

悪い気はしないが、こうもべったりされてしまうと、本当は男であるという秘密を抱えている身の上では、いつその秘密がバレやしないかとひやひやしてしまい、気が抜けないのも事実なのだ。

男よりも女のほうが、勘はするどいというし。

だから、力の気遣いは正直言ってありがたかった。

あの司が苦手としているからには、尚《ひさし》だけではなく、力や勝《まさし》も司の上をいく大悪魔だと思っていたのだが、少なくとも力はそうではないらしい。

秘密を盾に脅《おど》かしてくることもないし……いや、力は秘密を知らないのだから、単に脅しようがないだけなのかもしれないが。

今のところは、この力が一番、道前寺兄弟の中でまともなのではないかと思われた。

玲花やエミリという妻子がいる点でも、他の兄弟とは大きく差が開いている。

男である春香と婚約している司や、男の恋人と同棲《どうせい》している尚のことは、スタート時点からすでに百馬身《ひゃくばしん》ほど引き離している感じだった。

ホモじゃないということは、春香の中ではポイントが高いのだ。

「そうでしたわ。お食事のあとは、お部屋のほうでゆっくりしていただこうと思ってましたのに。春香さんがきてくださったことが嬉しくて、ついつい燥《はしゃ》いでしまって。ごめんなさいね、春香さん」

すまなそうにそう謝《あやま》ってくる玲花に、

「いいえ。とても愉《たの》しかったですわ」

春香は、にっこりと笑顔で返す。

そして。

「もうエミリは、春香お姉ちゃまと遊んじゃいけないの？」

状況がよく飲みこめていないエミリが、哀しげな表情を向けてくるのに、

「そんなことはないわよ。エミリちゃんも、そろそろベッドに入る時間でしょう。だから今日はここまでにして、明日、また遊びましょうね、ってことなの」

目線を同じ位置までおろして、春香は優しく言い聞かせた。

それから。

「春香お姉ちゃま、明日いっぱい遊んでね」

聞き分けのいいエミリの頭を撫《な》でて、指きりげんまんまでした春香は、力達の気が変わ

らないうちにと、おやすみの挨拶をすませたあと、自分用に用意されているゲストルームへと引き上げていく。

今日の任務は、これで終了だ。

やっと、独りになれる。

バンザーイ。バンザーイ。

ようやく自由になれる喜びに浮かれて、ゲストルームを目指す春香は、思わず早足になっていた。


春香は、自分のために用意されたゲストルームに辿《たど》り着くと、真っ先に扉に鍵をかけ、うざったいカツラをとってテーブルの上へと放り投げる。

「だけど、この部屋、ホントすごいな」

ぐるりと部屋中を見回すと、知らず溜め息が漏《も》れた。

ゲストルームの広さは、十二畳ほどの広さがあり、白を基調にして揃えられた家具や調度品は見るからに豪華で、中世のお姫様の部屋を彷彿《ほうふつ》させる。

天蓋《てんがい》つきのベッドなんて、テレビや映画以外で見るのは初めてだった。

さすがは道前寺家、という感じだ。

もちろん。すごいのはゲストルームだけでなく、他の部屋も同様で。別荘自体の外観もすべて、絵本の中から抜け出してきたお城のようだった。

道前寺家の本宅も似たような造りだったことを思い起すと、こういう西洋風な造りが、現当主である鷹尚《たかなお》の趣味なのだろう。

司は、春香の家のような日本家屋《かおく》のほうが好みだと、以前言っていたが。

司をはじめとする道前寺家の人々には、日本家屋よりも、こういういかにもな煌《きら》びやかな西洋家屋がぴったりだった。

春香は、染香《そめか》が一緒にきていたら、きっと大喜びしていたに違いないと思いながら、次々と洋服を脱ぎ捨て。

さて着替えを探そうという段になって、はたと気づく。

「やばい。寿達《ことぶき》に断りの電話入れるの忘れてた」

今夜のうちに明日の約束がダメになったことを伝えておかなければ、寿達に迷惑をかけることになってしまう。

「あと十分で十時じゃないか。電話、電話」

春香は下着姿のまま、アンティークな机の上におかれた、これまたアンティークな感じのする電話に飛びついていた。

鞄《かばん》の中から取り出したアドレス帳を捲り、受話器を持ち上げる。

他人の家の電話を断りもなしに使わせてもらうのは気が引けたが、春香は携帯電話もPHSも持っていないのだから、仕方がなかった。

春香の常識の中では、他人の家に電話をかけるのは夜の十時までと決まっているので、思いっきり焦っていた。

そして。

アルファベットの順番で、一番最初にかけた寿に電話が繋《つな》がり、受話器の向こう側から聞き慣れた声が聞こえてくると、春香は自分の気持ちが落ちこむ前にと、急用ができて明日の約束をキャンセルしなければならなくなったことを、口早に伝える。

急用が何かということは、なんだか口にしづらくて省《はぶ》いてしまったのだが、寿はそれについて追及するようなことはなかった。

それどころか。

「俺のことは気にしないで。明日は三人で愉しんできてくれよ」

そう言った春香に、

『アミューズメントパークへは、また後日、日を改めてみんなで出かけることにしましょう。鈴鹿《すずか》も高橋《たかはし》も、きっと同じ意見だと思いますよ。春香さん抜きでは、やはり盛り上がりにかけますからね』

寿はそんな優しい言葉で、気遣ってくれる。

以前同じように、春香の都合で誘いを断ったときも、四人一緒でなければと、寿達は自分達だけで出かけることはしなかった。

三人で出かけても愉しくないことはないはずなのに、『四人一緒だから愉しいんだ』と言ってくれる寿達の友情が嬉しくて、春香はじーんと胸を熱くしながら、今度こそは絶対に、どんなことがあってもみんなとの約束は守るぞと心に誓う。

それから、春香は鈴鹿や高橋のところへも、明日の約束をキャンセルするためのお詫《わ》びの電話をかけるつもりだったのだが。

春香が下着一枚で電話していたために、くしゃみの連発を始めてしまったことを気にしたらしい寿が、鈴鹿達へは自分が連絡しておくからと、早々に電話を切り上げてしまったので、暫《しば》らく迷ったあげく、二人には自宅に戻ってから直接連絡を入れて謝ろうと、握っていた受話器をおろした。

やっぱり、他人の家の電話を何度も無断借用するのは、ちょっとまずいような気がしたからだ。

それに。

「うわーっ。身体が震えてきた」

早く着替えなければ、本当に風邪《かぜ》をひいてしまいそうだった。

春香は、アンティークな椅子《いす》のうえに置かれていたエルメスの旅行鞄を抱《かか》えてベッドの脇へと移動すると、鞄を開いて中身を物色する。

「パジャマ、パジャマ……」

あれ？

パジャマはどこだ？

まさか、入ってないとかいわないよな。

パジャマらしきものが見当らなくて焦った春香は、鞄を逆さにして中身をベッドのうえへとぶちまけてみる。

すると、下着や洗面道具や、その他諸々《もろもろ》の小物類に混じって、とんでもなく恐ろしいモノが鞄から飛び出してきた。

「な……なんだコレは!?」

指で摘《つま》んで持ち上げたモノを凝視《ぎょうし》して、春香は思いきり顔を顰《しか》める。

最初にぱっと視界にソレが飛びこんできたときは、薄手のワンピースかなにかと思ったが、よーく見るとそうでないことはすぐにわかった。

ソレと色違いのものを、染香が寝間着《ねまき》として愛用していたからだ。

たしか、ネグリジェとかいう代物《しろもの》のはずである（しかも、その恐ろしいネグリジェは一枚だけじゃなく、二枚もあった）。

「げっ。こっちのやつなんか、スケスケじゃないか。気色悪い。いったい、どーいうつもりなんだ、母さんは。間違えて自分のを突っこんだ……なんてことはないよな……あの人の場合絶対に」

それどころか、いろんな候補の中から吟味《ぎんみ》に吟味を重ねて、お気にいりのものを選出している姿が容易《ようい》に想像できた。

以前から何かというと、自分とお揃いの洋服や色違いの洋服を勧めていた染香のことだから、勝手に春香の分まで買いこんでこっそり隠していたに違いない。

自分の家ではないのだから、寝るときでさえも女の格好をしていたほうがいいと、染香なりに気を回してくれたのかもしれないが、春香にとっては嫌がらせ以外のなにものでもなかった。

人目のあるときならともかく、寝ているときまで女の格好でいるなんて、変態街道まっしぐら……って感じだ。

「他にパジャマ代わりになりそうなものないかな」

春香は、ぷるぷると寒さに身体を震わせながら、ベッドのうえに広がった鞄の中身へと視線を走らせるが、衣服類は、下着やストッキングしか見当らない。

もしかすると、力達が用意してくれた衣服の中にはあるかもしれないと、クローゼットの中を探ったり、タンスの引き出しを片っ端から開けてみたりしたものの、やはり結果は喜ばしいものではなくて。

春香はとうとう、下着姿でベッドに入ることを決意していた。

こんな恐ろしい格好をして眠るくらいなら、パンツ一枚で眠ったほうがまだましというものだ。

「今からお風呂《ふろ》に入って、よーく身体を温めてから、ダッシュで布団《ふとん》の中に飛びこんで速攻で眠ってしまおう」

そう独り呟くと、春香はベッドのうえに広げた品々を乱雑に鞄の中へと戻し、部屋の奥にあるバスルームへと一直線に駆けていく。

ホテルのように部屋にバス、トイレが完備されているのは、こういうときありがたかった。

そして。

シャワーを浴びてから、少し熱めのお湯に身体を浸《ひた》し、ゆっくりと温まったあと、春香はぽかぽかになった身体が冷える前にと、速攻でベッドへと潜りこむ。

ふかふかのベッドは心地よく、精神的に疲労していた春香は、あっというまに眠りに落ちていた。

「……寒い」

そう感じているのが夢の中なのか、現実なのか、それすらもわかっていない無意識のうちで、春香は温《ぬく》もりを求めて手をさ迷わせる。

早く暖かい温もりに包まれて、気持ちよくなりたい。

ただ、それだけだった。

さ迷っていた手が、ほどなく温もりを捜し当て、春香は欲していた温もりを逃がさぬように抱えこむ。

あったかくて、気持ちいい。

……んん？

なんか首のあたりがちくちくするぞ。

不快感を取り払おうと、首へと手をやった春香は、指に触れた何かをそのまま払い除《の》けた。

すると、指に何かが引っかかったような感触があり、

「んっ……んー……ん」

どこからか、くぐもった声が聞こえてくる。

あれ？　なんだ、今のは？

まだ半分以上寝呆《ねぼ》けたままゆっくりと瞳を開けた春香は、視界に捉えたものを判別するのに暫らく時間を有《ゆう》した。

視線の先では、長い髪の毛をシーツのうえに散らした西洋人形が、春香に身体を寄せて眠っている。

「なんだ、人形か……」

正体がわかって安心した春香は、再び瞳を閉じかけるが。

「人形!?」

それは違うだろう、と、慌《あわ》てて瞳をこじ開けた。

人形に見えていたもの本当の正体が、ようやくはっきりと見えてくる。春香が人形だと思っていたのは、力の娘のエミリで。

「なんでここにエミリちゃんが……？」

自分に身を寄せるようにして、あどけない顔をして眠っているエミリをじっと見つめながら、ぼんやりと考えていた春香は、ここが自分の家ではなく道前寺家の別荘であることを思い出したとたん、顔を強《こわ》ばらせた。

眠気なんか、いっぺんにふっ飛んでいた。

いったいどうしてエミリちゃんがここにいるんだ？

昨夜《ゆうべ》、ベッドに入ったときは、確かに一人だったよな。

鍵だってちゃんとかけたし。急にどっからか降って湧《わ》いた……なんて、現実離れしたことが起こったとは、とても思えない。

いったいぜんたい、なんでこーいうことになってるんだ？

春香は、ぐるぐると考えを巡《めぐ》らせる。

そして、昨夜のことを頭の中で再現していた春香は、もっとも重要なことに気づいて、顔色を変えた。

「やばいよ。俺、下着しか着けてないっ」

そのうえ、カツラも外《はず》したままだ。

と、いうことは、完全に素の姿を晒《さら》していることになる。

「朝っぱらから、何を騒いでるんだ？」

「何をって、エミリちゃんに男だってことがバレたらヤバイじゃないか」

いや。もう、バレてるかもしれない。

いくらなんでもこの姿で、女に見えるわけがなかった。

あの純真な瞳に見つめられて、『春香お姉ちゃまはオカマのお兄ちゃまだったのね』なんて言われるのかと思うと、泣きたい気持ちになってくる。

初日から気をゆるめすぎたと反省したところで、いまさらだった。

「それを承知で、その格好でエミリと一緒に寝たんじゃなかったのか？　俺はお前がロリータ趣味にでも目覚めたのかと思ったぜ」

「まさか、そんなわけないだろ。目が覚めたら、この子が隣に寝てたんだ。ロリータ趣味なんて、冗談じゃない」

春香は、何を馬鹿なことを訊いてくるんだと、ムッとして言い返したところで、はっとなる。

「司。お前、いつからそこに……!?」

それまでナチュラルに会話を交《か》わしておいてなんなのだが。あまりにも気が動転していたせいで、今まで全然気づきもしなかった。

エミリだけでなく、司までが同じベッドの中にいたなんて。

昨夜春香が部屋に引き上げたあとに、この別荘に到着したのだろうが、そのことさえ知らなかっただけに、エミリのときよりも驚きは大きかった。

だけど。

「夜中の三時二十五分からだ」

しれっと答える司は、エミリの身体の向こう側から手を伸ばし、大きく瞳を見開いていた春香の前髪を優しく掻《か》き上げてくる。

「こうやってると、幸せ家族の朝の光景って感じだな。可愛い愛娘《まなむすめ》をパパとママで挟んで川の字で寝るなんて、まさに定番じゃないか」

司は、染香や侑平《ゆうへい》レベルの頭のいかれているような台詞《せりふ》を口にして、春香を朝からいやーな気分にさせた。

「誰がパパで、誰がママだって言うんだ。寝言は、寝て言えっ」

髪の毛を弄《もてあそ》んでいる司の指をうるさげに払い除け、春香は軽く司を睨む。

「そりゃあ当然、俺がパパで、春香がママだろ」

「馬鹿言うな……」

「しっ。エミリが起きる」

ムキになって反論しかけたところを、遮《さえぎ》るように司に制されて、春香は慌ててエミリの顔を覗《のぞ》きこんだ。

すーすーと規則正しく聞こえる寝息にほっとして、小さな息が漏れる。

よかった。

ぐっすり眠ってるみたいだ。

無垢《むく》な天使のような寝顔は、見ているだけで心和《なご》やかになってくる。

「こーいうシチュエーションも、なかなかだな」

はぁ?

「うわっ…司。何する……」

エミリを乗り越えて、がばっと襲いかかってきた司に、春香はぎょっとなって大きく身《み》動《じろ》ぐが。

「子供が起きたら困るだろ。マ、マ」

体重をかけて押さえつけられたうえに、唇を掌《てのひら》で覆《おお》われ、ニヤリと笑う悪魔の魂胆《こんたん》を悟ったときには、もう遅い。

朝っぱらから何サカッてやがると、心の中で罵倒《ばとう》している間に、掌の代わりに唇で言葉を封じられ、

「んっ……ん」

すぐに舌を絡《から》めとらてしまった。

そのまま、口腔《こうこう》を思う様蹂躙《じゅうりん》されて、身体が熱くなってくる。

司は、子供の寝ている隙《すき》を狙ってエッチに励む夫婦という、とんでもなく恥ずかしいシチュエーションを、試《ため》すつもりらしかった。

悪趣味というかなんというか。

司は以前から、ちょっとマニアチックなシチュエーションを試したがる妙なところがあったが、どうやら今回もまた悪い病気が出てしまった模様である（悪代官と町娘ごっこなんかは、もう三回ほどやられているのだ）。

下はジーンズを穿《は》いているものの、上半身は春香と同じで裸の司にぴたっと肌を密着されると、それだけでも胸の鼓動は高まっていた。

「ふ……んっ…」

駄目《だめ》だ。すぐ隣にエミリが眠っているのを忘れちゃ駄目だ。

そう自分に言い聞かせ、春香はエミリに意識を集中させようと努めるが、司の巧みな口づけに翻弄《ほんろう》されて、だんだんそれは難しくなってくる。

「……っ……んんっ…」

無意識のうちに司の背中に腕を回し、与えられる快感だけを追い始めるのに時間はかからなかった。

そのうえ。このまま流されてもいいか、などと、いつのまにか思ってしまっているのだから、慣れというのは恐ろしいものである。

だけど。

「エミリも、春香お姉ちゃまと司お兄ちゃまに朝のごあいさつしたいなぁ」

飛びかけていた意識が、この無邪気《むじゃき》な一言で一気に引き戻される。

そうだ。エミリちゃんがいたんだ。

俺のバカっ。

現状を思い出したとたん、春香は司の身体を突き放し、その腕の中から逃れようとするが。

「じっとしてろ。下手《へた》に動くと、エミリにそのぺったんこの胸を見られるぞ」

司にぼそりと小声で告げられて、ぴたっと動きを止めた。

そんな春香に、なんだか愉しげな笑みを浮かべて見せた司は、半身を起こして再び春香の身体をぎゅっと腕の中へと抱きこんでくる。

そうすれば、なんの膨《ふく》らみもない男の証明ともなる平坦《へいたん》な胸を、エミリに見られなくてもすむのは確かだった。

だから春香は、エミリに男だとバレるのが恐さに、おとなしく司に身を任せていたが、心臓は早鐘のように脈打っていた。

このピンチをどうやって切り抜けたらいいのか、すぐには妙案も浮かばない。

すると、春香の苦しい心境を察したのか、

「エミリ、朝のご挨拶は洗顔と朝の身仕度《みじたく》をすませてからにしましょう。ヨダレのあとがついているお姫様とは、キスしたくありませんからね」

司が珍しく助け船を出してきた。

「ひどーい。司お兄ちゃま、レディーにたいしてしつれいよ」

エミリは、ぷーっとほっぺたを風船のように膨らませて、デリカシーのない司に抗議すると、ぴょこんとベッドから飛び降り、ドレッサーの前へと駆けていく。

拗《す》ねた素振りは見せても、そこはやはり女の子。

ヨダレのあとがあると言われて気になって、慌てて確かめにいったらしい。

そして。

「きゃあ。本当だわ。エミリ、恥ずかしいっ」

鏡をじっと覗きこんで、ヨダレのあとを見つけたエミリは、小さな手でそのあとを隠しながら、ばたばたと部屋を飛び出していった。

「よ、よかった……」

エミリの姿が完全に見えなくなると、春香はほっと安堵《あんど》の息を吐く。

だけど、ほっとしたのも束《つか》の間。

「あっ。髪の毛。これ、短くなってるの、エミリちゃん気づいたかな」

すぐに別の不安が襲ってきて、春香は表情を曇《くも》らせた。

「何も言ってなかったし、大丈夫だろ。それより、続きをやろうぜ」

「ばっ…馬鹿。こんな状況でそんなことできるわけないだろ。エミリちゃんだって、いつ戻ってくるかわかんないのに」

さっきの二の舞になるのは、もうごめんだった。

「エミリは、髪の毛のセットだけで三十分以上かかる奴だからな、あと一時間は絶対に戻ってこないぞ」

自信満々に言いきる司は、いやらしげな笑みを浮かべて、春香をそのまま押し倒してくる。

自分ばっかり余裕の司の態度に、かちんときた。

「そ、それでも駄目だ。これからずっと気をはってなきゃならないのに、余計な負担かけさせるなよっ。そんなことになったら、一週間も保《も》たないぞ、俺。ボロだして、秘密がバレたらどーすんだよ」

春香は、少しは自分の心情も思いやれと、司をきつく睨みつける。

犯《や》る側の司は、それで身も心もすっきりするのかもしれないが。

犯られる側の春香は、そうはいかない。

腰は重いは、身体はだるいは、よれよれするは、もう大変なのだ。

ただでさえ秘密がバレないように気をはっていなければならないというのに、そのうえ肉体的負担まで重なったら、一週間も堪えぬく自信はなかった。

以前道前寺家の本宅に招かれたときは、たった半日だったからなんとか我慢できたようなものなのだ。

「とにかく、絶対嫌だからな」

「それは、ここにいる間はエッチ禁止ってことか？」

「そうだ。いつだって司は、あんなに好き勝手やってるんだから。それくらい、我慢しろよ」

司の声のトーンが低くなっていることには気づいていたが、春香はかまわず強気でそう言い放っていた。

本当は今犯られたら困ると思っていただけで、その先のことは何も考えていなかったのだが、司がそう解釈しているのなら、いっそ都合がよかった。

だけど、どうやら少し言い方がまずかったようだ。

「俺がお前のことを気遣ってないとでも、言いたいのか」

司の声は、完全に怒っていた。

「そうは、言ってないだろ」

春香は焦って否定するが、いったん怒ってしまった司には通用しない。

「言ってるだろ」

司は不機嫌そうに言い捨てると、春香から身体を離し、そのままベッドから床へと降り立っていた。

そして。

「司……」

春香の呼び止める声も無視して、司は脱ぎ捨てていたらしいシャツを羽織《はお》ると、さっさと部屋を出ていってしまう。

こういうときの司は、本当に取りつく島もない。

「なんだよ、勝手に誤解して怒るなよっ」

むしゃくしゃする思いをぶつけるように、春香は悪態を吐きながら、枕を掴《つか》んで力任せに放り投げた。

唯一の味方である司がこんな調子では、先が思いやられる。

「あーあ。家に帰りたいな」

道前寺家の別荘へきて、二日目。

すでに春香は、軽いホームシックにかかっていた。


そして、一時間後。

朝食の用意ができたと内線をもらい、春香がダイニングルームへと足を運んでいくと、力達親子と数人のメイド達が次々と朝の挨拶の言葉をかけてきた。

春香は、それににこやかに応じながら、司の姿を捜して視線をさ迷わせる。

まだきてないのか……。

ほっとしたような、がっかりしたような、そんな複雑な心境で、春香が小さく息を吐いていると。

「春香さん、昨夜はごめんなさいね。エミリがどうしても春香お姉ちゃまと一緒に寝るって言ってきかないものだから、勝手に鍵を開けて、エミリをお部屋に入れてしまって。朝起きて、エミリが隣にいたんでびっくりしたでしょう」

玲花が、すまなそうに娘のわがままを詫びてきた。

ちょっと、待て。

エミリと一緒に玲花も部屋にきていたってことか？

それってかなりまずいだろ。

「れ、玲花さんがエミリちゃんをベッドまで連れてこられたんですよね。私、変な格好で寝てませんでした？」

男だとバレてませんかと、正面きって訊ねることはできず、春香は遠回しに問いかけてみる。

「まぁ、春香さんって寝相《ねぞう》が悪いの？　でも、どうかしらね。私は、春香さんを起こさないように、ドアのところで引き返したから。春香さんがどんな寝相だったかまでは、ちょっとわからないわ」

玲花の答えに、春香がほっと胸を撫で下ろしていると。

「そういえば、司がきているようですね。もうお逢いになりましたか？」

今度は、力が動揺を誘うような質問を投げかけてきた。

「え、ええ……」

一瞬とぼけようかとも思ったのだが、エミリに見られている以上それは無理だろうと、春香は仕方なく正直に答える。

「本来の予定では、司は今日の夕方に着くはずでしたから、きていると聞いたときは驚きましたよ。昨日は祖父のお供で遠出していたはずですし、まさか、夜中に車を飛ばしてくるなんて思ってもみませんでした」

「司さん、夜中にこられたんですか!?」

そういえば、司にいつからそこにいるんだと、ベッドの中で訊ねたとき、司は夜中の三時過ぎ（正確な時間は忘れてしまった）だと答えていた。

それから考えると、別荘に着いた時刻はおおよそ見当がつく。

「この辺りの夜道は危険なので、夜間のドライブはあまり奨励《しょうれい》できませんが、すべて春香さんへの愛がそうさせたのだと思うと、それもいたしかたない気がします」

愛だのなんだの、力の赤面ものの台詞をきいていると、思わず脱力してしまうが、夜中に車を飛ばしてくるなんて、普通に考えても危険だった。

なんで、そんな無茶《むちゃ》なことするんだ。

もしものことがあったら、どーするつもりなんだ。

司の身を案じるがゆえに、無茶をした司に腹をたてていた春香だったが。

「そうね。司さんはきっと、春香さんがご家族の方と離れて心細い思いをしてるんじゃないかと心配だったのでしょうね。今度のことで、司さんがどんなに春香さんのことを大切に思っているのか、よくわかりましたわ」

玲花に優しい口調でそう言われると、司が自分のために夜中に駆けつけてきてくれたこと自体が、すごく嬉しく感じられるようになってきて、自然と笑みが零《こぼ》れていた。

恋人に大切に思われているというのは、やはり嬉しいものなのだ。

「おはようございます」

きた。司だ。

春香は、司の声が聞こえた瞬間、満面の笑みを浮かべて声のしたほうへと振り返るが、司は交《まじ》わった視線をすっと逸《そ》らして、自分の席へと向かっていく。

なんだよ。大人げない奴だな。

まだ怒ってるのか。

そうムッとはしたものの、たった二、三十分で司の機嫌がなおることのほうが不気味だと、春香は自分を宥《なだ》めて笑顔を保った。

司も表面上は、いつものとおり貴公子然としていたので、司が不機嫌なことは周りにはバレずにすんでいるようだった。

全員が揃うのをまっていたのか、司が春香の向かい側の席へと腰を下ろすと、すぐに朝食の料理が次々と運ばれてくる。

カボチャのポタージュスープに、数種類の焼きたてのパン。ふわふわのチーズオムレツに、ベーコンとほうれん草のソテー。そして、彩《いろど》りのいいグリーンサラダが、視覚だけでも春香の食欲を刺激した。

春香の家では希美香の好みに合わせて、昔から朝食は和食と決まっていたので、洋食というのは久しぶりだった。

「では、いただきましょうか」

食事が始まると、春香は不作法にならないように細心の注意をはらいながら、目の前の美味しい料理を片づけることだけに意識を集中する。

そして、食後のデザートと紅茶が運ばれてくる頃になって、ようやく春香はじっと自分のことを見つめている司の視線に気がついた。

さっき視線を逸らしたのはいったいなんだったのか、と疑問に思えるほどの熱い視線。

いつからそうやって見られていたのかと思うと、なんだか落ち着かない気分になってくる。

頬が熱いのは、暖房のせいばかりではなかった。

「司。昨夜は随分《ずいぶん》遅くにこちらに着いたようですが。あまり眠っていないのではありませんか？」

力の問いかけに、司の視線が自分から逸れて、春香はほっとする。

「ご心配なく。短時間でも、熟睡しましたので大丈夫です。力兄さんこそ、枕《まくら》が変わって眠れなかったのではありませんか？」

「私のことを心配してくれるのですか？　やはり、司は思いやりのある優しい子ですね。私は今胸がじんとしましたよ」

それはオーバーすぎるんじゃないかと、春香は内心つっこんでいたが、力はいたって本気なので笑うに笑えない。

言われた司は、さらりと聞き流していたが、内心うんざりしていることは間違いなさそうだった。

そんな中。

「春香お姉ちゃま、今日はエミリといっぱい遊んでね」

いち早く「おごちそうさま」をすませたエミリが、両サイドに結んだ長い髪を揺らしながら、春香に駆け寄ってくる。

そういえば昨夜、そう約束したんだっけと、春香は深く考えることもなく、頷きかけるが。

「駄目ですよ、エミリ。今日春香さんは、司と出かけることになっているのですから。エミリは、お母様に遊んでもらいなさい」

力のこの一言で、動きはぴたっととまっていた。

司と出かけるって……そんなの全然聞いてないぞ。

春香は問いかけるように司を見るが、司もなんだか訝《いぶか》しげな顔をしていた。

だけど、自分も一緒に行きたいとだだをこねるエミリに、「デートの邪魔は、いけません」と窘《たしな》める力に、司はすぐに合点がいったと、にっこりと笑って見せる。

「春香さんは、白馬は初めてなのでしたよね。今日は僕が、あちこちご案内させていただきます」

さっきまで怒っていたことが嘘のような司の優しい口調に、春香はちょっぴり胸がどきっとした。

春香としても、一日中ここで気をはっているよりは、外に出て息抜きしたほうがいいに決まっている。

それに司と二人で外出するのも久しぶりで、デートという単語は気恥ずかしかったが、どこに行くのかいろいろ想像しただけで、春香はわくわくしていた。

「エミリちゃん、明日は絶対約束守るから許してね」

エミリには悪いと思ったが、今の春香にとって優先順位は明らかに恋人のほうが上位にあるのだ。

ぷーっと膨れるエミリに何度も謝りながら、春香の頭はすでに出かけたあとのことでいっぱいになっていた。

5　スウィートデビル

朝食のあと、洋服を外出仕様に着替えるため自室に戻った司《つかさ》は、クローゼットの扉を開いて、そこにぎっしりと吊《つ》り下げられた『BAKU《バク》』の服に眉を顰《ひそ》めながらも、その中から動きやすそうな服を数点選び出した。

そして。

「この際、贅沢《ぜいたく》はいってられないからな」

ぼそりと呟くと、着ていた服を手早く脱ぎ捨てていく。

司のすぐうえの兄尚《ひさし》がオーナーを務めるアパレルメーカーのメインブランドである『BAKU』の服は、自宅である道前寺《どうぜんじ》家の本宅のクローゼットの中にも、司個人名義のマンションのクローゼットの中にも、掃《は》いて捨てるほどなっていたが、司がその服に袖を通すことはほとんどなかった。

尚が携《たずさ》わっている物にはなるべくかかわりたくなかったし、何よりデザイナーである翡《ひ》翠《すい》との相性が最悪だったせいである。

だから本当は、今回も『BAKU』の服など着たくはなかったのだが、他に着るものがないのだから、仕方がなかった。

なぜ他に着るものがないのかというと、実は、司がパーティー会場が道前寺家の本宅からこの白馬の別荘に変更になったことを勝《まさる》から知らされたのは、昨夜の十一時を少しまわった頃で。

このとき外出先から戻ったばかりだった司は、そのあとすぐに家を飛び出してきたので、荷物を準備している暇がなかったからだ。

もともと鷹尚《たかなお》主催のパーティーというのは名目上のことで、実際パーティーのことを取り仕切っているのが三人の兄達だということは、司も承知していたのだが、まさか直前になって会場が変更になるなんて思ってもみなかっただけに、それを知らされたときは『やられた』と、自分の甘さに舌打ちしていた。

パーティー会場がどこに変更になろうが、そのこと自体は司にとっては別にどうでもいいことだったが、力《ちから》が春香《はるか》を連れて別荘に先乗りしていると聞けば、じっとしていられるわけがない。

夜道は危険だからと止める勝のことを振りきって、運転手の高田《たかだ》を急《せ》かし、司がこの白馬の別荘に辿《たど》り着いたのは、夜中の三時過ぎ。

力が春香に手を出すわけはないと、全面的に兄を信用できないところが、司を焦らせた一番の要因だった。

そう。司は力の言っていたとおり、春香への愛ゆえに、危険な夜道を車で駆けつけてくるという無茶《むちゃ》を敢行《かんこう》したのである。

だから、ここに着いてすぐその足で春香が使っているというゲストルームに向かい、春香に何もなかったかを確かめなければならないと熱《いき》り立っていたのだが、予想外の邪魔者がベッドの中に潜んでいて、目的を果たすに果たせず、結局ああいう形で朝を迎えることになってしまった。

しかし、司もエミリが春香の隣に眠っていたからといって、すぐにおとなしく諦《あきら》めたわけではない。

どういう経緯で春香が素のままの姿で、エミリと一つベッドに眠ることになったのかは謎だったが、自分以外の相手にあんなに無防備に下着姿を晒《さら》すなんて、たとえそれが五歳の子供といえど許せるわけがないと、春香にべったりとくっついて眠っていたエミリを強引に引き離しかけたのだ。

それを途中《とちゅう》で断念したのは、春香がタイミングよく寝言で司の名前を呼んだからで。

まるで甘えるように自分の名を呼ぶ春香に、司はそれまで熱り立っていたことも忘れてすっかり相好《そうごう》を崩していた。

できればこのまま、感情のままに春香のことを抱き締めたいと思ったが、あまりに幸せそうな顔で眠っている春香を起こすのもしのびなくて、もう少しの我慢だと、司は自分に言い聞かせながらエミリの隣に潜りこんだのだ。

だから、春香にエッチは禁止だの、自分を気遣ってないだのと言われて、司が不機嫌になったのにも、いろいろと理由があったのである。

そして、さっきまでその不機嫌が続いていた司が、急に上機嫌になっている理由は、いたって単純で。

ここにいる間は春香は自分にしか頼れないのだということに、いまさらながらに気づいて、愉《たの》しい計画をあれこれ思いついたからだ。

「今回の件は歓迎できたもんじゃないが、これであの煩《うるさ》い下僕どもとの約束を邪魔する手間が省《はぶ》けたと思うと、それだけは感謝だな」

司は、今頃悔しがっているであろう春香の下僕達の顔を思い浮べて、くくっと愉しげな笑いを漏らす。

春香は寿達と出かける約束をしていることを、司が気づいていないと思いこんでいたようだが、カレンダーにあんなに大きな花丸をつけていれば、すぐに察しがつくというものだった。

だから司は、事前にキャンセルさせるより、当日キャンセルのほうが、下僕達へのダメージも大きいだろうと、その日になったら朝から奇襲をかけて春香のことを絶対外へは出さないと、気づいた日から決めていたのである。

その予定は力達のせいで少し狂ってしまったが、結果として下僕達との約束は果たされず、代わりにこうして自分と春香が、二人っきりでデートに出かけることになったのだから、司の機嫌がいいのも当然だった。

「さーて、お姫様を迎えに行くか」

着替えをすませ、姿見で全身をチェックした司は、コートを腕にかけた格好で、愛《いと》しの恋人を迎えに行くために部屋をあとにしていく。

今日は、愉しい一日になりそうだった。

司が春香を最初に案内したのは、長野《ながの》オリンピックで日本ジャンプ陣による感動のドラマの舞台となったジャンプ競技場だった。

ここは競技のない日は自由に見学ＯＫで、ジャンプ台のスタート地点までリフトで上ることができるのだ。

早速上ってみた春香は、そこから下を見下ろして、感嘆の声をあげた。

「うわーっ。こんなとこから、ジャンプするんだ。俺だったら絶対できないや。やっぱり選手の人ってすごいんだなーっ」

「すごいから、選手なんだろ」

何当たり前のことを言ってるんだと、司が笑い混じりに言う。

「なんだよ。笑わなくてもいいだろ」

それでもくくっと笑い続ける司を握った拳《こぶし》を振り上げて打つフリをしながら、春香は拗《す》ねたように唇を尖《とが》らせた。

「あーっ。司が変なつっこみいれるから、知らない人達にまで笑われたじゃないか」

「それは、悪かったな」

「だから、笑いながら言うなって。もう、こっちこいよ」

春香は、同じように見学にきている観光客達が、自分達のほうを見てくすくすと笑っているのが気になって、頬を赤くしながら司の腕を引いて、少し離れた場所へと移動していく。

司は、それに嫌がることなく、おとなしく従っていた。

「変だな。まだみんな、こっち見てる気がする。俺の顔、なんかついてんのかな」

場所を移っても、追いかけてくる視線に、春香は困惑顔で司のコートの端を引っ張り、訊いてみる。

黒のレザーパンツに、エンジ色のロングのレザーコートという出《い》で立ちの、モデルスタイルの司と、真っ赤なダッフルコートにキャメル色のコーデュロイのパンツが、愛らしさを引立てている春香は、端から見てもお似合いのカップルで。

本当は、そんな二人のじゃれているようなやりとりは、見ているだけで目の保養になると、皆の視線が集中していたのだ。

だけど鈍い春香に、それがわかるはずはない。

それに。

「お前が可愛いからだろ」

「可愛いなんて、言うな」

「可愛いものを可愛いと言って何が悪い」

「司。お前、自分がちょっと格好いいからって、俺のこと馬鹿にしてるな」

なんて、バカップル丸出しの会話を交《か》わしておきながら。

二人っきりのときは女のフリをしなくてもいいからと、カツラも外して（競技場の前まで送ってもらった車の中まではつけていた）、春香的には一応男に戻っているつもりだったので、よもや自分達が周りの人達の瞳にカップルとして映《うつ》っているとは、露《つゆ》ほども思っていなかったのだ。

それでも、白馬村《はくばむら》を見下ろす雄大なパノラマを堪能《たんのう》しながら、それなりに愉しい時間を過ごし、ついでに各種オリンピックの資料を展示したオリンピック記念館へも足を延ばそうと、二人で白い息を吐きながら移動していると。

「そういえば、春香はスキーはできるのか？」

ふいに、司が訊ねてくる。

「アイススケートならやったことあるけど、スキーはまだ一度もやったことない。司は、やったことあるのか？」

「ああ。勝兄貴の趣味がスキーで、子供の頃からあちこち滑りに行くのに付き合わされたからな」

その口振りからして、司の腕前はかなりのものだと推測できた。

颯爽《さっそう》とゲレンデを滑っていく司の姿が目に浮かぶ。

「へぇ。子供の頃から滑ってたんだ。すごいな。俺なんてホント全然滑ったことないから今度のスキー旅行愉しみにしてるんだ」

春香は、司の眉がぴくっと動いたことに気づかず、にこにこと笑顔を作った。

スキー旅行といっても、個人で行く旅行ではなくて、東雲《しののめ》学園の修学旅行として予定されている集団旅行なのだが。

来年、一月の終わりに予定されているその北海道へのスキー旅行のことを、春香は旅行先が決まったときからずっと愉しみにしているのだ。

最近は私立の高校だと、海外旅行にでかける学校も多いというのに、なにゆえ東雲学園の修学旅行が地味な国内スキー旅行になったのかというと、それは以前春香が一度スキーに行ってみたいと話していたことを、下僕達がしっかりと覚えていて、その実現のために理事長に手回ししたためで。

前年のイタリア旅行から、一気に国内へのスキー旅行へとランクダウンしたことへの、生徒達からの不満の声があがらなかったのは、東雲学園の生徒は個人でも海外旅行に頻繁《ひんぱん》に出かけているような裕福な家庭の子供達が多く、別にそこまで旅行先にこだわっていなかったからだ。

もちろん。そんな経緯でスキー旅行が決定していたことなど、春香は知る由《よし》もなく、ただただ単純に喜んでいただけだったのだが。

「うちの別荘の裏に穴場のゲレンデがあるから、なんなら俺がコーチしてやろうか。旅行で初めて滑るよりは、少しぐらい滑れるようになっておいたほうが、絶対愉しいぞ」

「だけど、初心者相手じゃ司もコーチするの大変だろ」

下僕達に美味《おい》しい役どころをとられてたまるかというのが、司の本音であることも知らず、春香は遠慮がちに言う。

春香は運動オンチなわけではなかったが、やっぱり初めて体験するものを習得するにはそれ相応の時間がかかるだろうし、それに司を付き合わせるのはなんだか悪いような気がしたからだ。

だけど。

「初心者だからこそ、教えがいがあるってもんだろ。それに春香なら、コツさえつかめばすぐに滑れるようになるさ」

司は、春香をその気にさせるように、そう告げてきた。

「そうかな？」

「俺が言うんだから、間違いない」

「なんだ、それ」

自信満々に言いきる司にぷっと吹き出し、春香はげらげらと笑い始める。

こういう台詞《せりふ》をなんの照れもなく口にできるところが、いかにも司だった。

「明日早速それを証明してやるから、愉しみにしてろよ」

「もう、早速なのか？」

やけに早急だなと、春香がちょっと驚いていると。

「別荘に残ってたら、一日中エミリや力兄貴達の相手をさせられるぞ」

司が、一日先の未来をそう予言してくる。

「ああ、そうか。そうだよな。外に出てたほうが、気は楽だもんな。わかった。明日は、一日スキーの練習だ！」

春香は司の予言が現実になったら気疲れするだけだと、うんうんと頷いて、力強く言い放っていた。

そうと決めたら、なんだか明日のことがとても待遠しく思えてくるから不思議だ。

「絶対、滑れるようになってやるぞぉ」

今朝《けさ》ベッドの中で、早く家に帰りたいとぼやいていたことなど、すっかり忘れてしまっている、上機嫌の春香だった。

それから。白馬オリンピック記念館の中をひととおりぐるっと回り終え、競技場をあとにした二人は――――。

ラフォーレ白馬美術館へと移動して、「愛の画家」とか「色彩の魔術師」とか呼ばれて多くのファンを魅了している現代美術の巨匠《きょしょう》、マルク・シャガールの作品を一つ一つゆっくりと観て回った。

春香は、亡くなった祖父が日本画の大家だったせいか、絵画や美術品をこうやって鑑賞するのは嫌いではなく、気に入ったリトグラフの前で何度も足を止め、隣から時折解説を入れてくる司の知識に感心しながら、暫《しば》らく芸術の世界に浸っていた。

そして。

リトグラフ作品をすべて観てしまうと、丁度《ちょうど》きりよく頭から上映が始まるところだというので映像コーナーへと滑りこみ、シャガール『愛と追憶の神話』というタイトルの、シャガールの油絵作品についてのスライドを観る。

シャガールの美の世界と人間愛についての解説に真剣に耳を傾けながら、スクリーンをじっと見ている春香と。

その春香の横顔を、密かに見つめ続ける司。

約二十分の短い時間だったが、二人はそれぞれ別の愉しみを満喫していた。

「シャガールって、今までそこまで興味なかったけど、こうやっていろいろ観てみるとけっこう好きな絵いっぱいあったな」

「春香はどれが一番気に入ったんだ？」

「んーっ。やっぱ、『サーカス』かな。あの色具合とか表情が、すごくいい感じなんだよな」

「さすが『色彩の魔術師』だと思っただろ」

「思った、思った」

映像コーナーから銅版画館へと続く渡り廊下を並んで歩きながら、愉しげに会話を弾ませる春香と司だったが。

「あっ。俺、さっきの映像コーナーに手袋忘れてきたみたいだ」

春香が途中で忘れ物に気づいたことで、足を止めることになる。

映像コーナーに入るまでは、手に握っていたことは覚えているのだから、忘れるとしたらそこしか考えられなかった。

「じゃあ、取りに戻ろうか」

「あ、ちょっと待った」

すぐに回れ右しようとする司を引き止めて、

「手袋取ってくるだけだから一人でいいって。司は、ここで待ってろよ」

春香は、ぱたぱたと今きた通路を逆戻りしていく。

司は一瞬追ってこようとしていたようだが、ここで言い合いになっては事だと思ったのか、結局追ってはこなかった。


だけど、別行動をとったのが悪かったのか。

「よかったー、みつかって。手袋なしじゃ、この寒さはきついもんな」

春香が、見つかった手袋を手に渡り廊下に戻っていくと、司はこういうところには場違いなくらい派手に着飾った、年上のＯＬ風女性二人に挟まれて、何やら愉しげに談笑している最中だった。

しかも、女達の手は、さりげに司の肩や腕を触っている。

いったい誰だ？　あの女達は。

知り合いってわけでもないだろうに、やけに慣れ慣れしげじゃないか。

待ってる間にナンパしたとか、されたとか？

春香は胸の奥にもやもやとしたものを感じながら、目の前の光景に顔を顰める。

まるで睨みつけるように、そのまま暫らく凝視《ぎょうし》していると、司がそれに気づいてこちらに向かって笑みを投げかけてきた。

「春香さん。手袋はありましたか？」

「………あった」

思わずぼそりとした答え方になってしまったのは、それまで司と喋《しゃべ》っていた女達が、同時にすごくむっとした顔で春香のことを振り返ったからだ。

なんで俺が、見ず知らずの女達に睨まれなきゃなんないんだよ。

春香は、理不尽さを感じて、ぎゅっと唇を噛み締める。

そんな春香の心情を知ってか知らずか、

「では、僕はこれで。春香さん、さぁ先に進みましょうか」

司は女達の間からするりと抜け出て、春香をエスコートするように、腕を差し出してきた。

つまり、その腕に掴まれということなのだろう。

だけど春香は、カツラをつけてちゃんと女になりきっているときならともかく、男に戻っているときに人前でそんなことできるわけがないだろ、と、咄嗟《とっさ》に司の身体をとんと突き放してしまった。

すると。

「司君。本当に彼女が、さっき言ってた最愛の婚約者なの？」

「随分《ずいぶん》素っ気ない婚約者ねぇ。こんな態度とられるくらいなら、私達と一緒に回ったほうが愉しいんじゃない？」

司に置いてきぼりをくわされるはずだった女達が、嫌味っぽい台詞を好き勝手に口にしながら、ちらちらと春香の顔を見て、くすくすと笑う。

彼女達にしてみれば、これはどちらかというと、司というよりは春香への嫌味だったのだろうが。

最愛の婚約者だって？

本当にそんなこと言ったのか!?

信じられない奴だなっ。

――――――と、『最愛の婚約者』という言葉に反応して、真っ赤になってぐるぐると考えていた春香には、その嫌味攻撃もほとんど通じていなかった。

なのに。

「なかなか手に入らないからこそ、価値があるんです。簡単に手に入るものには、興味ありませんし。僕は、追われるより追うほうが性にあってますから。僕達のことはお気遣《きづか》いなく」

なんて、暗に『あなた達のように自分からすり寄ってくるような女には興味もないし、価値もない』と言っているのがありありの、司からの嫌味の報復を受けた彼女達は、哀れというか、なんというか。

春香のように鈍感ではない彼女達は、その手酷《てひど》いアウトオブ眼中宣告を受けて、さっと顔色を変えると、そそくさと二人から離れていった。

春香が彼女達より遥かに劣る容姿をしていれば、もう少し粘っていたかもしれないが、どう見ても勝ち目がないとわかっていて、張り合う気にはなれなかったのだ。

そんな彼女達が、渡り廊下から消えたことを確かめると、

「司、俺のいない間に、彼女達にいったい何を喋ったんだ」

春香は、先に進もうと促してくる司を真っ赤な顔で睨みつけ、返答を迫る。

「何をって、俺に最愛の婚約者がいるってこと」

しれっと返してくる司に、春香の顔は一層赤くなった。

「ど、どーしてそんなこと言ったんだよっ」

「うるさい蝿《はえ》を追い払うには、はっきり言うのが一番だろ。ついでに、待ってる間暇だから、その最愛の婚約者がどんなに可愛《かわい》いかを語ってきかせてるところに、お前が戻ってきたってわけだ」

そう告げられた瞬間、春香は恥ずかしさのあまり、司にパンチを食らわせようと拳をくりだすが。

「……………よけるな。一発ぐらい殴らせろ！」

難なく簡単にかわされてしまい、悔しさに肩を怒らせる。

「こういう気の強いところも可愛いんだって、彼女達に教えそこなったな」

「お前、いっぺん死んでこい」

もう一度殴りかかる春香を、司は今度は腕を掴んで引き寄せることで攻撃を封じ、逃げる間もなく胸に抱き締めてきた。

「馬鹿、司、ここがどこかわかってんのか」

春香は、焦って司の腕の中から逃れようと身動《みじろ》ぐ。

丁度周りには誰もいなくて助かったが、場所が場所だけにいつ誰がやってくるかわからなかった。

「死んだらこうやって、お前のことを抱き締めることもできなくなる」

春香の台詞を逆手にとって、こういうことを仕掛けてくるのが、司の小賢《こざか》しいところである。

それでも。

「馬鹿なこと言ってないで、放せって」

暫らくじたばたとあがいていると、ようやく腕の中から解放された。

「今度こういうことしたら、別荘に帰るからな」

春香が軽く睨みながらそうキツク言い渡すと、司はちょっとだけ肩を竦《すく》めてみせる。

まるで反省の色なしという感じだったが、これ以上クドクド言って司を怒らせると、厄《やっ》介《かい》なことになりそうだったので、春香はここは大人な自分のほうが引いておこうと、開きかけた唇をぎゅっと引き結んだ。

そして、じっとしているからまずいのだと、春香は司を促し、早足で銅版画館へと移っていく。

司と必要以上に間隔をあけているのは、変なことをされずにすむための防御策のつもりだった。

しかし、銅版画の作品に真剣に見入っているうちにだんだん警戒心は薄れ、いつのまにか春香のすぐ隣には、ぴったり寄り添う司の姿が………。

売店でお気にいりの作品のポストカードを購入して美術館をあとにする頃には、春香は防御策をこうじていたことなどすっかり忘れさっていた。

こういう単純なところが春香の美点であり、難点でもある。

春香には、つけこまれる隙《すき》が多すぎるのだ。

まぁ。もっぱらそんな隙につけこんでいるのは、恋人である司で。

それでラブラブ度が増している感もなきにしもあらずとなると、それはそれでいいのかもしれないが。

知らず知らずに自分で窮地《きゅうち》を招いていることを、春香は早く知るべきだった。

そう――――。

春香の恋人は、王子様ではなく、王子様の皮を被《かぶ》った悪魔だったのだから。

「司ぁ。なんだか、身体がふわふわしてる。どーしてだろ」

掴《つか》んでいた司の腕を振り回しながら、春香はへらへらと笑う。

夕方までにひととおりの観光ルートを回り終え、ついでだから夕食もすませて帰ろうと、ついさっきまでホテルのレストランで食事をしていたのだが、その食事の途中から春香はずっとこんな調子だった。

だけど、なんでこんなふうになっているのか、春香本人にもいまいちよくわからない。

「それは、お前が酔ってるからだ。相変わらず弱いな、春香は。ワイン二杯でこれだからな」

「えーっ。俺、酔ってなんかないよーっ」

そう言いながら、春香は何もないところでよろりとよろめく。

「そういうところが、酔ってる証拠だろ。ほら、タクシーに乗るぞ」

脇からよろめいた身体を支えてくれた司が、冷静な口調で告げてきた。

「タクシー？　うん。タクシー、乗る、乗る」

春香は司に促されるままに、ホテルの正面玄関前に横づけされたタクシーの後部座席に乗りこむ。

続いて乗りこんできた司が行き先を告げると、すぐに車は道前寺家の別荘に向かって、静かに走りだした。

「俺、なんか、眠くなってきた」

春香がとろんとした瞳を司に向けると、司は「ここに寝ろよ」と、自分の膝を叩いてみせる。

いつもなら絶対に拒絶しているところだが、今回の春香は違っていた。

「ありがとぉ」

甘えた声でそう言うと、素直に司の膝のうえに頭を預ける。

なにゆえ、こんなに春香が素直に司に甘えているのかというと、それはアルコールが入っているからで。

春香は自分では自覚がなかったが、司の言うとおり、食事の合間に飲んだワインのせいで、かなりいい具合に酔いがまわっていたのだ。

春香はあまりアルコールは得意なほうではなかったので、家でも外でもよっぽどのことがない限り飲むことはなかったのだが（未成年なんだから当然だろ、というつっこみはおいておいて）、司に飲めないと弱みを見せるような気がして勧めを断れずに、言われるままに二杯も飲んでしまい、気が付いたらこうなってしまっていたのである。

普通の人なら、ワインの二杯ぐらいどうってことないのだろうが、春香にとっては、その何倍もの量を飲んだような感じだった。

それもこれも、春香の意地っ張りな性格を逆手にとった、司の策略によるもので。

春香がアルコールに弱いことも、酔ったらやたらと可愛くなることも、すべて知ったうえでの甘い罠が張り巡らされていたのである。

以前も春香は、司とのホテルでのディナーの最中に、同じようにワインを飲んで酔っ払い、それでそのあととても大変な目にあったというのに、また同じ手に引っかかるなんてあまりにも学習能力がなさすぎだった。

すべての意識がはっきりしてきて、素面《しらふ》に戻ったとき、またしても自己嫌悪に陥《おちい》るのだろうが、今の春香にはそれがまるでわかっていない分だけ、幸せだったのかもしれない。

「春香寝たのか？」

確かめるような司の声を遠くで聞きながら、春香はすーっと眠りに入っていく。

返事をしようかと思いはしたのだが、睡魔にすべての力を根こそぎ奪われてしまっていては、それも叶《かな》わなかった。

そして。

「夜はまだまだこれからだっていうことを、あとでじっくり教えてやるよ」

独り愉しげに笑いを漏《も》らす司に、運転手だけが怪訝《けげん》な顔をしていた。

6　夢でも逢いたい

「春香《はるか》。ほら、水持ってきたぞ」

「……んーっ……冷た……」

冷たい水の入ったグラスをぴたっと頬にくっつけられて、春香は閉じていた瞳をこじ開ける。

そして、ベッドに横になったままそのグラスを受け取ろうとしていると、

「そのままだと、零《こぼ》れるだろ」

意地悪な手が、春香からグラスを遠ざけてしまった。

「ヤだ……ミズ……」

春香は、司《つかさ》の持っているグラスに向かって精一杯手を伸ばしてみるが、届かない。

「届かないよ……」

なんで、届かないんだろぉ。

春香は、伸ばした手をふらふらと宙《ちゅう》でさ迷わせる。

ベッドから身体を起こせばすむことなのに、今の春香にはそれを思いつくだけのまともな思考力は残っていなかった。

何しろ完全に酔いが回っていて、自分が今誰のベッドに寝かされているのかすら、よくわかっていない春香なのだ。

「しょうがないな。俺が飲ませてやるよ」

司の声とともに、ベッドが軋《きし》む。

春香は、司の顔がゆっくりと近づいてくるのを、瞬《まばた》きもせずに見ていた。

合わさった唇から、求めていた水が流れこんでくる。それを春香は、喉《のど》をならして飲み干《ほ》した。

だけど、まだ喉の渇《かわ》きは満たされない。

身体が発熱しているときのように熱くて、そのせいで、余計《よけい》に喉の渇きを感じるのかもしれないが。

乾いた大地が水を欲しがるように、春香も水を求めていた。

「……もっと…」

もっと欲しいと、春香は甘えた声で司にねだる。

待ちわびるように、無意識に唇は薄く開いていた。

「わがままなお姫様だな」

からかっているようで、それでいて、司の声は優しく耳に響いてくる。

再び唇を寄せられ、春香は司の首の後ろへと腕を回した。

そして。

「んっ…」

水を得るための行為が、いつのまにか深い口づけへと変わっていく。

滑りこんできた司の舌が口腔《こうこう》内を探り、熱く絡《から》みついてくるのを、春香は素直に受け入れた。

そうすれば、甘く痺れるほどの快感が与えられることを、知っているからだ。

「ん……ふ…んっ……」

角度を変えながら強く絡めた舌を動かされると、身体の奥が熱くなり、その熱はすぐに全身を包んでいった。

熱くて。

気持ちよくて。

頭がぼーっとなってくる。

春香のすべてを知り尽くしている司の口づけは、いつも容易《たやす》く春香を酔わせ、めろめろにしてしまうのだが。

今回の口づけは、アルコールが入っているせいもあって、より以上に春香を昂《たかぶ》らせていた。

「…っ……」

舌先を強く吸われて、腰の辺りにびりびりとした痺れが走る。

訪れる快感の波は引きもせず、春香は細かく身体を震わせていた。

そして、唇が湿った音をたてて離れると、なんだか物足りなさを感じてしまい、指先を舌へと導いていく。

そのまま指に舌を這《は》わせ、ぺちゃぺちゃと舐《な》めていると、だんだん夢中になってきて、春香は懸命に舌を動かした。

「随分《ずいぶん》といやらしい光景だな」

司のからかうような声が聞こえても、やめる気にはならない。

それどころか、いつまでもこうしていたいとさえ思ってしまう。

「そんなに美味《おい》しいか？」

そう訊かれて、春香はこくんと頷いていた。

「そんなに舐めるのが好きなら、他のモノも舐めてみるか？」

他のモノ？

なんだろ、それ。

首を傾げる春香に、意味深な笑みを投げかけると、司は空《から》のグラスを床へと下ろしたあと、レザーパンツのジッパーを下げて、中から見慣れたモノを掴《つか》み出した。

「今まで一度もさせてなかったからな。これが、お初ってことか」

「まさか……」

それを舐めろということか？

春香は、そんなことできないと、ぷるぷると横に首を振って見せた。

「俺にしゃぶられて、いつもあんなに喜んでるくせに。自分はできないっていうのか？

それは、不公平だろ」

司は、痛いところをついてくる。

そうだよな。できないっていうのは不公平だよなぁ。

いつもなら、そんなことを言われても、絶対嫌だと言い張っていた春香だが、やらなければ司に対して悪いような気がしてしまうのは、やはりアルコールが入っているせいなのだろうか。

「だけど俺……どうやればいいかわかんないし……」

春香は、司のモノから視線を逸《そ》らしながら、ぼそぼそと告げる。

司の股間《こかん》のモノは、春香のモノとは顕《あき》らかにサイズも形も違っていて、それだけでも春香は戸惑っていた。

「いつも俺がしてやってるとおりに、やればいい」

司は簡単そうにそう言うが、はたしてできるのだろうか。

春香は、そろそろと司のモノへと手を伸ばし、先端にちょこんと触れてみた。

他人のモノを触るのはこれが初めてなので、ドキドキしてしまう。

そのまま何度か同じ動作を繰り返していると、

「そんな調子じゃ、いつまでたっても先に進まないだろ」

「わっ……」

なかなか次の行動に移らないことに焦《じ》れた司に、頭の後ろへと手を回され、いきなりぐいっと股間へと引き寄せられた。

目の前に、司の昂ったモノのドアップが現れる。

うわっ。やっぱり、大きい。

なんて、春香が思わず息を飲んでいると、

「まずは、さっき自分の指を舐めてたみたいに舐めてみろよ」

命じる司の声が、頭上から降ってきた。

舐めてもあんまり美味しくないんだろうな、と、ちょっとズレたことを考えながら、春香は司のモノへと唇を寄せていく。

躊躇《ちゅうちょ》していたわりには、そうすることに抵抗がないのは不思議だった。

指を舐めていたときと同じ要領で舌を這わせ、司がよくやるように、亀裂の部分を舌先でちろちろと舐めていると、先走りの雫《しずく》が零《こぼ》れてくる。

それを舐めとり、春香が先端をちゅっと吸い上げたのと同時に、

「んっ…」

と、司が微《かす》かな声を漏《も》らした。

これって、司が少しは感じてる証拠だよな。

春香は、そう思うとなんだか嬉しくなってきて、もっと司を感じさせようと、懸命に舌を使った。

そして。

「舐めるだけじゃなく、他にもしてやってるだろ」

司に促され、今度は今まで舐めていたモノを口腔へと誘いこむが、それは春香の小さな

口では思うように銜《くわ》えてしまうことはできなくて、先端を愛撫《あいぶ》するのが関の山という感じだった。

それでも春香は、司の愛撫を思い出しながら、拙《つたな》い愛撫を繰り返す。

なんで司のように巧《うま》くできないんだ、と、春香はもどかしく思っていたが、司はそれでも感じてくれているようで、手の中で脈打つモノが一層昂りを増していた。

本当は、司は春香のぎこちなさにこそ、煽《あお》られて快感が倍増しになっていたのだが。春香は単純に喜んでいた。

だから、ますます頑張りもした。

しかし、その結果――――。

「春香、出すぞ」

そう宣言されても、どうしたらいいかわからない。

司がいつも春香にするように、口腔で受けとめたものを、そのまま飲んでしまえばいいのだろうか。

なんて、戸惑っているうちに、司の張り詰めていたモノが弾けて、春香の口腔へと熱い迸《ほとばし》りが流れこんできた。

「…っ…んっ」

上手く受けとめることができず、思わずげほげほとむせ返る春香の唇から、白濁した液が零れていく。

「どうだ、初めての感想は？」

すぐに呼吸の乱れを整えた司からそう問いかけられるが、咳《せき》のとまらない春香は、まだ答えられる状態ではなかった。

あんなマズイの、司はよく平気で飲めるよなぁ。

それとも、人によって味が違うのか？

声には出さず、春香が頭の中だけでいろいろと考えていると、司がスプリングを揺らして、ベッドから降りていくのが目に入った。

え？　どこにいくんだ？

まさか、今のが気に入らなくて、怒って出ていこうとしてるんじゃ……。

「ま……って、司。行っちゃヤだ」

急に独りとり残される心細さに襲われて、春香は慌《あわ》てて自分もベッドから降りようとするが。

「うわぁっ」

思いどおりに手足が動いてくれなくて、上半身から先に床のうえへと落下してしまう。

「春香。大丈夫か」

「イッタ……ァ」

肩や腕を強《した》かに打ちつけているせいで、すぐにはこれ以上言葉もでない。

春香が顔を顰《しか》めて痛む箇所を摩《さす》っていると、司が目の前で腰を落とし、

「俺が春香を置いて、どこかに行くわけがないだろ。タオルを取りに、引き出しのところまで行っただけだ」

そう優しく告げたあと、床のうえにあった春香の身体を抱《かか》えあげて、再びベッドのうえに戻してくれた。

「だけど、春香の口から『行っちゃヤだ』なんて、可愛《かわい》い台詞《せりふ》が聞ける日がくるとは思わなかったな」

汚れた口許《くちもと》や喉の辺りを丁寧《ていねい》に拭《ぬぐ》ってくれながら、嬉しそうに言う司に、春香は顔が赤くなる。

「あ、あれは……」

司に置いていかれると思ったから………。

だから、どうしても司を引き止めなきゃいけないと焦って、咄嗟《とっさ》にそう叫んでしまったのだ。

「そんな変な顔で見るな。馬鹿っ」

春香は、真っ赤になった顔を、ニヤニヤ笑いながら覗《のぞ》きこんでくる司の額を手で押し退《の》け、ぷいっと横を向いた。

「どうやら、少し酔いが醒《さ》めてきたみたいだな」

「なんか、言ったか？」

司のぼそりとした呟きが微かに耳に届いて、春香は問いかけるが。

「いや。ただの独り言だ」

そう返されて、興味も薄れる。

ふわーっと大きな欠伸《あくび》をすると、春香はごろんとベッドのうえに横になった。

すると、一気に眠気が襲ってくる。

このまま布団《ふとん》の中に潜りこんで、眠ってしまいたい。

春香の頭の中は、すぐにそのことでいっぱいになっていた。

そして、ふかふかの羽毛布団をもそもそと肩のうえまで引き上げた春香は、

「おやすみ、司」

ちょこんと布団から右手を覗かせ、『バイバイ』と振って見せる。

ほんのさっき、司に向かって『行っちゃヤだ』と懇願したばかりだというのに、それは

ないだろうという感じなのだが。

もうすっかり、春香は独りでここに寝る気になっていた。

ベッドから落ちたときのショックと痛みで、多少は酔いから醒めた春香だったが、自分がまだ服を着たままだということや、ここが司の部屋だということに気づいていないあたりは、まだまだ酔っている証拠だった。

「おやすみを言うのは、早すぎるぞ」

がばっと布団を剥《は》がされ、春香は閉じていた瞳をぱっと見開く。

「なにすんだよ」

春香は布団を取り戻そうと手を伸ばすが、司の身体がのしかかってきて、眠るどころの話ではなくなってしまった。

「洋服を着たまま寝ると、寝苦しいだろ」

「い、いいよ。このままで……」

それより早くうえから退《ど》いてくれと、春香は司の肩を軽く叩きながら訴える。

なのに。

「ほら、手伝ってやるから」

司は退いてくれるどころか、春香の着ているセーターを胸の辺りまで捲《まく》りあげてきた。

「手をうえにあげて」

そう命じられて、仕方なく従う。

本当は着替えるのも面倒だったが、やってくれるというなら、もうお任せしますという感じだった。

司は、万歳《ばんざい》するように手をうえにあげた春香からセーターを脱がせてしまうと、すぐにその下に着ていたシャツのボタンを外《はず》し始める。

まるで、母さんみたいだな。

そう思うと、なんだか可笑《おか》しくなってきて、春香はくすっと笑いを漏らしていた。

「何を笑ってるんだ？」

「俺、司の子供になった気がする」

「はぁ!?」

怪訝《けげん》な顔をする司に、春香は独り愉《たの》しげに笑い続ける。

司が染香みたいなヒラヒラのエプロンをつけている姿まで想像してしまい、暫《しば》らくその笑いは止まらなかった。

だけど、その間に春香はコーデュロイのパンツまで脱がされていて、気づいたときにはなぜかその下の下着までもが奇麗《きれい》さっぱり消え失せてしまっていた。

「……なんで？」

なんで下着まで脱がされているのかと、春香は瞳を瞬《しばた》かせる。

「さっき、春香にご奉仕《ほうし》してもらったからな。今度は俺の番だろ」

「え？　あっ、わっ」

頭で司の台詞の意味を理解するより先に実行に移され、春香は慌てふためくが、司はおかまいなしに、握り締めた春香自身をゆっくりと上下に扱《しご》いてきた。

「ヤだ……あっ……」

強弱をつけて、手慣れた愛撫を与えられると、司の手の中のモノはすぐにその硬さを増していく。

たった今、司によって命を吹きこまれたかのように、それはドクンドクンと熱く脈打っていた。

「んっ…はぁっ…」

続けざまに訪れる快感に、白い喉を仰《の》け反《ぞ》らせた春香に、

「嫌じゃないだろ？」

司が意地悪く訊いてくる。

こんな状態で嫌だなんて、言えるわけがないのに。

嫌だと言って、このまま中途半端な状態で放りだされてしまったらと思うと、春香は頷くしかなかった。

「素直な春香に、ご褒美《ほうび》をやろう」

春香の反応がお気に召《め》したらしい司は、満足気な笑みを浮かべてみせると、片手で春香自身への愛撫を続けながら、残った片手で胸の突起を弄《いじ》ってきた。

「あっ…あぁっ」

二カ所へ同時に刺激を受けて、春香はびくびくっと身体を跳ねさせる。

「春香は、胸とここを同時に弄られるの好きだよな」

だから、ご褒美はこれにしたと、司は耳元で告げてきた。

いつもの春香なら、違うと反論していただろうが、今の春香はそういう反応も鈍くなっていた。

「こんなにいやらしく尖《とが》らせて、恥ずかしくないか？」

「ダメ……あぁ…あっ」

硬く尖った突起を指でぎゅっと摘《つま》んで引っ張られると、司の手の中のモノもぴくりと動く。

「ヤっ…あっ…あぁぁっ」

そのままぐりぐりと両方の先端を指先で弄られて、頭の天辺《てっぺん》まで電流が走っていた。

司は、確実に春香の弱いところばかりを攻めてきて、ひっきりなしに春香を甘く喘《あえ》がせる。

指で散々弄られ敏感になっている胸の突起を、今度はざらついた舌が捉《とら》え、さっきまでとは異なる刺激に身体の奥が熱くなった。

その熱さをなんとかしたくて、春香は無意識にシーツから腰を浮かしていた。

「それは、口でやってほしいというおねだりか？」

そういうつもりではなかったが、そう言われれば、それを望んでいたような気がしてくる。

「…口でやって……」

強制されることなく、素直にねだった春香に、司は口許に嬉しげな笑みを浮かべて見せた。

「んっ…は……ん…」

昂ったモノを唇で擦るように何度も上下に扱かれて、春香の唇からは鼻にかかった甘えた声が漏れる。

やはり、手で愛撫されるよりも、このほうが何倍も気持ちよかった。

全神経がそこに集中して。

腰から下が、まるで別の生きものになってしまった気がする。

春香がどこをどうされれば一番感じるのかを熟知しているだけに、司の愛撫には無駄《むだ》がなく、容易く春香を高みへと押し上げていた。

「あっ……っ…司ぁ…」

口腔に含まれたモノに軽く歯をたてられて、春香は手に触れたシーツをぎゅっと握り締め、身体をくねらせる。

もう、限界が近かった。

「……出る…」

司に放してほしいと思ったが、反対にきつく吸い上げられて、強い快感に襲われる。

そして。

「あぁっ」

短い声をあげて、春香は司の口腔に含まれたまま、情欲の証《あかし》を放っていた。

声とともに、あらぬところに異物感を感じて、春香は閉じていた瞳を開ける。

だけど、達したあとの解放感と気持ちよさに、夢の世界へとフェードアウトしかかっていた春香は、このときまだ眠気のほうが勝っていて、

「おい。寝るなよっ」

「眠た…い……」

司の顔を視界に捉えると、ぼそりと呟いて再び目蓋《まぶた》を閉じていた。

すると、身体の奥で何かが妖《あや》しく蠢《うごめ》いて、春香が眠りに落ちていくのを妨げようとしてくる。

「あっ…イタッ…」

ぐりっと内壁を擦られて、春香は眠気がどこかへすっ飛んでいた。

自分の身体の奥で蠢いているものの正体も、すぐにわかった。

「酔ってると中まで熱くて、絡みついてくる」

司の細長い指が、春香の身体の奥に、新しい熱を呼び覚まそうとしているのだ。

「眠るより、もっと気持ちのいい思いさせてやるよ」

司は、そう言うと、指先で探り当てた前立腺をぐりぐりと刺激してくる。

「あぁっ…ヤぁ…ぁっ」

そこを強く刺激されると、足の指先までが反り返るほどの快感の波が、全身に広がっていった。

「んっ…あぁ…」

さっき果てたばかりの春香自身も、再び勃《た》ちがり、刺激を求めて揺れ始める。

一度気持ちいいと感じてしまったら、あとはもう止めようがなかった。

「気持ちいいだろ」

「……も…もっと……」

春香は、より以上の悦楽が欲しいと、擦れた声で懇願する。

司に縋《すが》れば、その望みが叶《かな》えられると知っているからだ。

「やっぱり、指だけじゃ足りないか」

くくっと愉しげに笑う司は、内壁の感触を味わうように、何度か中を掻き回すと、ずるりと指を引き出した。

「どうしてほしい？」

わかっているくせに、司はわざと意地悪く訊いてくる。

あの顔は、言わないと何もしてやらないって顔だ。

春香は、乾いた唇を舌でぺろりと舐めると、大きく胸を上下させ、

「司が欲しい……挿れて…」

と、欲望のままに司にねだった。

「そんなふうにねだられたら、手加減《てかげん》できないだろ」

司は、春香の両足を抱えあげながら、勝手なことを言う。

だけど。

「……いい…から」

それでもいいから、早く自分の中を司で充《み》たしてほしいと、春香は司に縋っていた。

「本当に、手加減しないぞ」

司は、言うが早いか、さっきまで指で解《ほぐ》していた入り口へ自身の昂りを押しあて、一気に中へと突き挿《い》れてくる。

「うぁっ」

春香は、短く悲鳴をあげて、瞳を閉じた。

やはり、この圧迫感と苦痛は、避けては通れないものらしい。
二、三度、腰を揺すられるようにして、最奥まで収められたあと、ようやく春香はそれまで詰めていた息を吐き出した。
「動くぞ」

司はゆるく腰を揺らめかせ、中の感触を確かめると、徐々《じょじょ》に激しい抽挿《ちゅうそう》へと切り替えていく。

最初はどうしても苦痛が先にたち、身体に力が入りがちの春香だったが。

「あっ……んっ…ふぁっ」

内壁の感じるポイントを何度も擦りあげられて、次第に力が抜けていき、小さな快感の小波を感じるようになっていた。

そして、同時に勃ちあがっていた春香自身にも、愛撫の手を絡められると、快感の波はどんどん大きく広がっていく。

「あぁっ…は…ぁっ…ん」

中を抉《えぐ》るように腰を使われ、甘い痺れが心地よく春香を酔わせた。

そして。

司が激しい律動だけに集中しだすと、春香は無意識に、昂った自分自身へと手を伸ばし、自分で愛撫し始める。

そんな春香に、司の口許には満足気な笑みが浮かんでいた。

「春香が俺の子供なら、これは近親相姦《そうかん》ってやつだな」

司は独り別な想像でも愉しんでいたが、春香はすっかり快楽を追うことに必死になっていて、何を言われているのかもわかっていなかった。

そうするうちに、春香は激しい突き上げに我慢がきかず、司より早く二度目の精を放ってしまう。

それでも、司は強弱をつけたグラインドを繰り返し、春香に息つく間を与えなかった。

「んぁっ…あっ…あぁっ」

司を受け入れている奥が、熱の固まりを飲みこんでいるように、熱い。

深い場所で司と混じりあうのは、とても気持ちがよくて。

身体の奥から溶けだしたものが、どんどん外へと流れだしているような気がする。

それがもったいなくて、春香はなんとかしなければと、司の身体を引き寄せてしがみついていた。

「ずっと…このままが…いい…」

春香は、譫言《うわごと》のように呟く。

すると、ぎゅっと抱き締められて、司を受けている箇所が悲鳴をあげたが、春香はそれでも司の背中に回した腕を放さなかった。

「ずっとこのままでいればいい」

まるで気持ちをそのまま代弁するような、司の激しい律動は春香の意識すらも薄れさせる。

そして――――。

司がギリギリの抜き差しを繰り返し、最奥で自身の昂りを解放させた瞬間、春香の意識は完全にどこか遠くへと飛んでしまっていた。

暖かな温《ぬく》もりを分け合う恋人達は、幸せな眠りの中にいた。

穏《おだ》やかな空気が恋人達を包み、そして、幸せな時間はゆっくりと流れていくはずだったのだが。

だが、しかし。

「司。いつになったら、俺との約束守ってくれるんや！」

そう大声で喚《わめ》きながら、突然部屋に乱入してきた珊瑚《さんご》のおかげで、その幸せな時間はそこで強制終了を余儀《よぎ》なくされてしまう。

しかも、明け方の五時という、とんでもなく早い時間に。

「ん……何？」

なんで珊瑚がここにいるんだ？

あー、そうか。これは夢だから、別にいいのか。

——なんて、まだ半分寝呆《ねぼ》けていた春香も。

「珊瑚、今何時だと思ってるんですか」

「時間なんて関係ないやろっ。自分らばっかりいちゃいちゃして。そんなん、めっちゃ不公平や。俺もルーといちゃいちゃしたい。したい。した——いっ」

そんな司と珊瑚の言い合う声を間近で聞けば、寝呆けてなんかいられなかった。

嘘っ!?　夢じゃない!?

と、いうことは…………。

「うわーっ。こ、これは違うんだからなっ」

自分が裸で、そのうえ情事の痕跡《こんせき》がそこかしこに散っていることを気づいた瞬間、春香は真っ赤になって布団の中に潜りこみ、言い訳にもならないことを叫んでいた。

いくら珊瑚には司との関係を知られているからといって、こういうところを見られて平気でいられるわけがない。

だけど、焦っていたのは春香だけで、司も珊瑚も春香の反応など気にもとめず、そのまま会話は続けられた。

「いったい、どうやって中に入ってきたんです。鍵はかけてあったと思いますが」

「そんなん、針金一本あればちょちょいのちょいや」

「呆《あき》れた人ですね。君は本来、まだパリにいるはずでしょう。もしかして、脱走してきたんですか？」

「しゃーないやん。周りはみんなクリスマスやなんやって浮かれとんのに、なんで俺だけ仕事ばっかししてなあかんねん。もう、一週間以上もルーの顔見てないんやで。このままやったら、ルー欠乏症で死んでしまうわ」

「今頃、翡翠《ひすい》達は大騒ぎしてるでしょうね」

「いくらでも騒いだらええねん。本番前にはちゃんと帰るし。それより、司、約束はどないなってるんや。ルーと俺を、ラブラブにしてくれるゆー約束は」

ぎゃあぎゃあと喚く珊瑚と、少し不機嫌そうな司。

春香は、布団の中で耳をダンボにしながら、そんな二人のやりとりを聞いていた。

最初は自分のことを何か言われるのではないかと、身構《みがま》えていたのだが、どうやらそれはいらぬ心配だったらしい。

それよりも……。

「約束ってなんだ？」

春香は、ルーとラブラブがどうのという珊瑚の台詞が気になって、思わず布団の中から瞳からうえだけ覗かせた格好で、問いかけていた。

すると。

「それはやな。学園祭んとき、司が……」

と、珊瑚がそれに答えをくれようとするが。

「珊瑚。すぐに手筈《てはず》を整えますから、一緒にきてください」

司が、割りこむようにして続く台詞を遮《さえぎ》ってしまう。

そして、裸のまま素早くベッドから降り立つと、春香がぎょっとしている間にナイトガウンを纏《まと》って、珊瑚を引きずるようにして強引に部屋から連れ出してしまった。

「いったい、なんなんだ……？」

独りぽつんと部屋にとり残された春香は、わけがわからず、首を傾《かし》げるしかない。

どうも何かありそうなのだが、わざわざ追いかけて追及するまでの気力はなくて、春香は仕方なく司が戻ってくるのを待つことにした。

「それより、ここ、俺の部屋じゃないじゃないか」

再び寝なおそうとして、やっと気づくあたりがまぬけなのだが。

春香は、こうしてはいられないと、ベッドの下に散らばっていた自分の服を掻き集めて身につけていく。

そうしているうちに、昨夜のあれこれがだんだんと思い出されてきて、春香はユデダコのような真っ赤な顔で、慌てて自分の部屋へと駆け戻っていった。

そして。

恥ずかしさを紛《まぎ》らわせるために、春香が司への悪態を吐《つ》きまくっていた頃、一台の車が道前寺《どうぜんじ》家の本宅からどこかに向かって走りだしていた。

7　天使と悪魔が踊る夜

珊瑚《さんご》の来襲から数時間後。

「寿《ことぶき》……どうしてここに？」

突然別荘に現れた寿に、春香は瞳を丸くして驚いていた。

まさか、寿がこの別荘に招待されてくるなんて、予想もしていなかったからだ。

「今朝、早朝に道前寺《どうぜんじ》家から迎えの車がきたんです。とりあえずすぐにきてほしいということでしたので、こんな格好のままきてしまいました」

そう答える寿は、渋い和服姿で。

東雲《しののめ》学園の制服や、私服の洋服を着ているときよりも、ぐっと大人っぽく落ち着いて見えた。

そんな寿に、わがままを言って司《つかさ》に寿を呼び寄せさせた張本人である珊瑚は、見た瞬間からもうめろめろで、また惚《ほ》れなおしたと独り大燥《おおはしゃ》ぎだった。

寿は、まさか珊瑚がこの別荘にいるとは思っていなかったようで、少し驚いていたようだが。

「とりあえずクリスマスが終わるまで、珊瑚のお相手を頼みます」

司からそう言い渡されて、ようやく自分がここに呼ばれた理由が飲みこめたと、すぐに納得した顔になっていた。

寿にとっては、突然の呼び出しなど、迷惑以外のなにものでもなかったに違いないが、それに対して文句を言ったり怒ったりしないところが、やはり大人だった。

それでも、クリスマスは家で家族と静かに過ごすのが決まりだと言っていたことが気になって、春香は大丈夫なのかと問い掛けてみるが、寿はこれにもにっこり笑って、大丈夫だと返してきた。

それに少しほっとして、

「寿。昨日は約束破ってごめん。今度は、絶対約束破らないようにするから、またみんなで計画たてような」

春香が声を潜めて、寿にそう耳打ちしていると。

「ルーは俺のなんやから、春香はくっついたらあかん。ルー、俺喉渇《のどかわ》いたし。あっちで、ゆっくりお茶でも飲も」

珊瑚が所有権を主張して、無理矢理寿を春香から引き離していく。

どうやら、寿を独占するために、邪魔の入らない場所へ移動しようという魂胆《こんたん》らしかった。

珊瑚のことを弟のようにしか思えないと公言している寿は、苦笑を浮かべながらも、黙って珊瑚に従っていった。

人間できてるなぁ、寿は。

春香は、去っていく寿の背中を見送りながら、しみじみと思う。

寿には気の毒な話なのだが、春香としては、安心して頼れる友人が傍《そば》にいてくれると心強くて、寿がここにきてくれてよかったと心密かに喜んでいた。

そして。

そんな春香の心中などすべてお見通しの司は、にこやかな笑顔の裏で、嫉妬の炎をめらめらと燃やしていたのだが。

すっかり気持ちが和《なご》んでいた春香は、当然のことながら、何も気づかず、さらに司の不《ふ》興《きょう》をかうことになるのだった。

「ルー、今度はルーの番や」

「珊瑚君。腕を放してもらわなければ、ルーレットが回せませんよ」

「えーっ。そっちの手で回したらええやん。ルーが億万長者になったら、勝利の女神が、祝福のキッスをプレゼントしたるし。絶対頑張ってや」

きゃっきゃっと燥いだ声が、珊瑚の機嫌のよさを表していた。

寿の右腕に自分の左腕を絡め、ぴったりと隣に寄り添っているのだから、それも当然ではあるが。

当事者である寿をはじめ、向かい側に腰を下ろしている司と春香は、そのあまりものハイテンションについていけず、さっきから言葉少なになっていた。

それでも。

人生ゲームという、子供向けのゲームで独りテンション高く盛り上がる珊瑚は、周りが盛り下がっていようとおかまいなしに、愉しげに声を弾ませる。

「なんや。司、また一回休みなん。このままやと、大貧民決定やな」

「それはまだわかりませんよ。それこそ人生どう転ぶか、先は読めないのですから」

「どっちにしたって、ルーには勝てへんけどな」

司相手にだって、珊瑚はこの調子だった。

司は、珊瑚の言うことにいちいち反応するのも馬鹿馬鹿しいと思っているのか、適当に聞き流していたが。

司が不機嫌モードに入っていることを知っている春香は、傍《かたわ》らでずっとハラハラしていた。

珊瑚に向かうべきの怒りが、なぜか寿への八つ当りという形で、ときどきひょっこり表れたりするからである。

春香と二人で裏のゲレンデにスキーに出かけることを、殊《こと》の外《ほか》愉しみにしていたらしい司は、珊瑚達ゲストを放って自分達だけが遊びに出かけるのは感心しないと力に言われ、出かけることを断念したときから、不機嫌モードになっているのだ。

まぁ。珊瑚達も一緒に出かけられれば、何の問題もなかったのに、『スキーなんて、死んでもいやや』と、頑固に言い張る寒がりの珊瑚のせいで、こちらが諦めるしかなくなってしまったのだから、司が不機嫌になる気持ちもわからないではないが。

何の罪もない寿に被害がいくのは気の毒で、春香はゲームの勝敗よりも、そのことばかりを気にしていた。

本当は、そうやって春香が寿のことを気遣うせいで、司の機嫌はますます悪くなっていたのだが。

司が寿に対して妬《や》きもちを焼いているなどとは、これっぽっちも思っていない春香に、それを気づけというのは無理な話だった。

なんとも微妙な空気の漂う中、暫《しば》らくゲームは続き――。

「春香さん。少し、その辺を散歩しませんか」

珊瑚の予言どおりというかなんというか、寿が億万長者、司が大貧民という形でゲームが終了すると、司が間髪おかずに春香を外へと誘ってくる。

「え？　でも……」

珊瑚達を置いていくわけにはいかないだろうと、春香は戸惑っていたが。

「別に遠くに行くわけではないのだから、かまわないでしょう」

司に強引に促され、仕方なくリビングをあとにしていた。

大丈夫かなぁ、寿。

珊瑚の奴、あんまりわがまま言わないといいけど。

ときどき心配げに後ろを振り返りながら歩く春香に、司は小さく舌打ちすると、ぎゅっと春香の腕を掴んで引きずるようにして庭へと連れ出していく。

「痛い。痛いって、司……」

春香は腕の痛みを訴えるが、庭に着くまで、司は掴んだ腕を決して放そうとはしなかった。

「まだ、スキーに行けなくなったこと怒ってるのか？」

庭についてようやく解放された春香は、痛む腕を手で摩《さす》りながら、不機嫌なオーラを隠すことなく放っている司に、恐る恐る問いかけてみる。

すると。

「俺が、そんなことで怒ってると思うか？」

司は、反対にそう切り返してきた。

その言い方があまりにも、居丈高《いたけだか》で。

「じゃあ、なんで怒ってるんだよ」

春香は、ちょっとむっとしたように答える。

スキーに行けなくなったことが理由ではないのなら、いったい何が理由で怒っているのか、春香にはまるで見当もつかなかった。

「お前は、俺と二人で出かけられなくなっても、残念にも思ってなさそうだな。それどころか、随分と愉しそうじゃないか」

「残念に思ってないなんて、勝手に決めつけるなよ。俺だって、スキーを教えてもらうの愉しみにしてたんだから、がっかりしたに決まってるだろ。だけど、珊瑚達置いていくわけにもいかないし。みんなの前では愉しそうにしてないと、変に気を遣わせたら悪いじゃないか」

「気を遣わせたら悪いってのは、どうせあの下僕その一に対してだろ」

「なんで、そういう言い方するんだ。だいたい、その下僕とかいうの、やめろってなんべん言ったらわかるんだよ」

だんだん険悪ムードが高まってきているのはわかっていたが、言わずにはいられなかった。

負けず嫌いの春香は、司に言い負けまいと、身体に妙な力が入る。

コートもなしに外に連れ出されたせいで、身体が少し震えていたが、言い合っているうちに、寒さのことは気にならなくなっていた。

そして。

「下僕は、下僕だろ」

あくまで言いはる司に、春香はぶちっとキレてしまった。

「もう、いい。今の司とは、喋《しゃべ》りたくない」

春香は、司をどんと突き飛ばし、家の中へと戻ろうとする。

「待てよ。春香」

引き止めてくる司と暫らくもみ合っていると、突然車のクラクションが聞こえてきて、

「嫌だ。放せっ」

春香は反射的に振り返っていた。

するとそこには、見慣れぬ真っ赤なフェラーリが停まっていて。

「司、春香さん、そんな薄着でどうしたんです？　もしかして、二人で私達のことを出迎えてくれるつもりだったんですか？　だとしたら嬉しいですが、その格好では風邪をひいてしまいますよ」

珍しく自分で車を運転してきたらしい尚《ひさし》が、窓から顔を覗かせて、にこやかに声をかけてきた。

よく見ると助手席には、尚と同じ顔をした勝《まさる》の姿もあり、フロントガラス越しに、ひらひらと手を振りながらにっこりと微笑みかけてくる。

久しぶりにインパクトの強い道前寺兄弟を目にした春香は、顔が引きつるのを懸命におしとどめながら、自分も精一杯の笑顔を作っていた。

そんな春香の心中を察したのか。

「勝兄さんも、尚兄さんも。こちらにこられるのは、パーティー当日だと伺っていましたが。やけに早いお越しですね」

春香を二人の視線から隠すように、すっとさり気なく横に身体をずらし、司が二人の兄に対峙《たいじ》する。

「せっかく春香さんがいらっしゃってくださっているのに、お相手ができないのは残念ですからね。予定を繰り上げてきたのですよ」

「パーティー当日は慌《あわ》ただしくて、ゆっくりお話している暇もありませんからねぇ」

そんないらぬ気など回してくれなくてもよかったのに。

心の中でそう毒づく春香だったが。

司も同じ気持ちだったらしく、「余計なことを」と、ぼそりと低く呟くのが聞こえた。

「さぁ、いつまでもそうしていないで、中に入りましょう。外に出るなら、もっと暖かい格好をしなければ」

「そうですよ。中に入って、早く暖まりましょう」

庭の真ん中に車を停めて、さっさと車の中から降り立った勝と尚は、司と春香の両脇に回りこむと、二人に自分達のコートを着せかけてくれる。

そういうさりげない優しさは、さすが司の兄弟という感じだった。

「庭の真ん中に車を停めるのはどうかと思いますが」

「ああ、それなら。誰かにすぐに駐車場に移動させますから、心配しなくても大丈夫ですよ」

「お土産《みやげ》の品もいろいろ積んでありますし。ここからのほうが、中へ運び入れしやすいですからね」

司は、二人の兄達をなんとかこの場から追い払おうとしていた様子だが、それもあえなく撃沈。

結局は、尚達に促されるままに、家の中へと戻ることになっていた。

春香としては、これ以上司と言い争わずにすんだことで、どこかほっとしている部分があったのだが。

新たなる邪魔者の出現で、春香を独り占めできる時間が減ってしまった司の機嫌は、ますます下降線を辿《たど》っていった。

そして、ちゃんとした仲直りもできないままに、一日はあっという間に過ぎていくのだった。

十二月二十四日。

とうとう、道前寺家主催のクリスマスパーティーの日がやってきた。

クリスマスイブ。

家の中では、パーティーの準備で朝から慌ただしく使用人達が走り回っていて。その陣頭指揮をとっている玲花《れいか》は、さすが道前寺家の嫁らしく、てきぱきと周りに指示を与え、自ら率先して立ち動いていた。

春香はこの日まで、このパーティーには道前寺家の人間が勢揃《せいぞろ》いするのだと思っていたのだが、司の祖父で道前寺グループの総帥《そうすい》である鷹尚《たかなお》や、司の両親は参加しないらしく、実質上パーティーを主催しているのは、司の三人の兄達だということだった。

だから、今日のパーティーにゲストとして招待されているのは、力達のごく親しい友人達に限られているそうなのだが、一度に百人近い招待客を迎えるとなれば、迎える側は大変なのである。

春香も、百人近く客が集まると聞いて最初はげっとなっていたが、そんなに大勢客がいれば、自分一人が何をしていようと特別目立つことはないはずだと思い立ち、少しだけ気持ちが楽になっていた。

春香が忙しい玲花に代わって、エミリの遊び相手をかってでたのも、気持ちが楽になった分、心にゆとりが生まれていたからだ。

それに、司は朝から尚と一緒にどこかへ出かけていたし、寿は珊瑚にべったり張りつかれていて、近づこうにも近づけない状態だったので、春香には他にすることがなかったのである。

そして。

エミリにせがまれて、本を読んでやったり、一緒にゲームで遊んでやったりしているうちに、どんどん時間は過ぎていき、いつのまにかパーティーまであと二時間をきるという時刻になっていた。

「春香さん、パーティー用の衣裳《いしょう》が届いたので、奥に取りにきてくださるかしら。もうそろそろ支度《したく》にかからないと、メイクやセットの時間がなくなってしまうわ」

ようやく準備が一段落したらしい玲花に、子供部屋まで呼びにこられ、支度に二時間近くもかけなくてはならない女性って大変だよなと、心の中で溜め息を吐きつつ、春香は彼女のあとをついて、着替えが置かれているという奥の部屋まで移動していく。

着替えるところを他人に見られるわけにはいかない春香は、パーティー用の衣裳を受け取ったら、支度は一人でできるからと断りをいれて、すぐに自分の部屋へと引き上げるつもりだった。

だけど。

扉を開けた瞬間、春香はそれが許されないことを瞬時のうちに悟《さと》っていた。

「春香さんのお支度は、すべてうちのスタッフがお手伝いさせていただきますので。ご要望があれば、彼女達になんなりとお申し付けください」

にっこりと品のある微笑みを浮かべた悪魔、尚が、見覚えのある手下を二人も引き連れて、待ち構えていたからである。

「この間の、学園祭以来よね。春香ちゃん、どんどん色っぽくなっちゃって、もーどうしましょうって感じ」

「今回もばっちり綺麗に仕上げてあげるから、期待しててね。まー、春香ちゃんは、そのままでも充分綺麗なんだけど。より綺麗に仕上げるのが、あたし達の腕のみせどころだからね」

けたたましく話しかけてくる彼女達は、尚がオーナーを務めるアパレルメーカー『BA《バ》KU《ク》』のスタッフで。

春香が『ＢＡＫＵ』の新ブランド『ＳＨＥＲＲＹ《シェリー》』のイメージモデルをやらされそうになった例の一件のときに、春香のヘアメイクとスタイリストを担当していた二人だった(ちなみに、前回の学園祭のとき、白雪姫に扮《ふん》した春香に翡翠《ひすい》側のスタッフとしてついていたメンバーの中にも、当然彼女達は含まれていた)。

彼女達は当然のことながら、春香が男だということも、司の婚約者であることも、全部知っていて、そのうえで今のような台詞を平気で口にできる強者《つわもの》なのだ。

春香はそんな二人のパワーに気圧《けお》されて、思わずじりじりと後退《あとずさ》っていたが。

「春香さんのこと、あとはお任せしますね。私も、これから支度にかかりますので、これで失礼させていただきますわ」

と、言い置いて、唯一の常識人である玲花が去ってしまっては、もう春香に逃げ道はなかった。

硬直している身体を強引に部屋の奥まで引っ張られ、大きな鏡が特徴的なドレッサーの前へと座らされる。

「ご婦人の着替えに立ち合うわけにはいきませんので、私もここで退散しますが。仕上がりを、愉しみにしていますよ」

誰がご婦人、だ。

俺は男だバカヤロー。

そう怒鳴ってやりたいのはやまやまだったが、だからといって、尚にこのまま居残られて、着替えるところをじっと見物されるのも嫌だったので、春香は屈辱に握った拳《こぶし》を震わせながらも我慢していた。


そして、彼女達のオモチャにされること一時間。

ようやくメイクが終了したところで————。

「こ、これを着れって⁉」

春香は、取り出されたパーティー用の衣裳を前に、思いっきり動揺していた。

「そうよ。素敵でしょ。春香ちゃんのために、翡翠君が特別にデザインしたんだから。この刺繍《ししゅう》、香港《ホンコン》に特注に出したのよ」

「もう、間に合うかどうかギリギリって感じで、私達までハラハラしちゃった。でも、それだけ手間暇《てまひま》かけただけあって、最高の仕上がりだわ」

彼女達が絶賛しているその翡翠デザインの衣裳は、なんと、チャイナドレスで。ネイビーブルーの地に、絢爛豪華《けんらんごうか》な刺繍が施《ほどこ》された、やたらと派手派手しい作りのドレスだった。

もちろんチャイナドレス特有の、スリットも太ももの辺りまでしっかりと入っていて、自分がこれを着たところを想像するだけで、くらりと目眩《めまい》がする。

本物の美少女が着るのなら、スリットから覗く生足は、それは魅惑的で価値も高いだろうが。

男の足など覗いたところで、気持ち悪いだけに決まっていた。

とても、素面《しらふ》でできる格好ではない。

「普通のドレスじゃ駄目《だめ》なのかな」

春香は、できれば別の衣裳に変えてほしいと、二人に懇願する。

だけど、尚の手下である彼女達が春香の望みを聞き入れてくれるはずもなく。

「何言ってるの春香ちゃん。他のドレスなんて用意してないわよ。それに今日は、このチャイナドレスに合わせて、小物からアクセサリーまで全部コーディネイトしてきてるんだから。いまさら変更なんてできるわけないじゃない」

「そうよ。このドレスには、翡翠君の愛情がこもってるんだから。そんなこと言ったら、パリから怒りの念波が飛んでくるわよ」

両側から挟むようにしてまくしたてられ、即座に却下されてしまった。

だから。

他に着るドレスがないのなら仕方がないと、春香は自分にそう言い聞かせ、差し出されたチャイナドレスを手に部屋の隅《すみ》へと移動しようとするが、行く手を阻《はば》まれて、それもできなくなってしまう。

「俺……できれば一人で着替えたいんだけど…」

無駄だと知りつつも、言わずにはいられなかった。

「いいじゃない、別に。ここで着替えたって。春香ちゃんのセミヌードなんて、もう何度も見てるんだから」

「そう、そう。いまさら、恥ずかしがることないって。男の子でしょ」

男だから恥ずかしいのだと、反論しても、きっと彼女達には通じないのだろう。

春香は、がっくりと肩を落とし、彼女達の視線を感じながら、着ていたワンピースを脱いでいく。

「やだぁ。春香ちゃん、相変わらず司様とラブラブなのねぇ。お姉さん羨《うらや》ましいわぁ」

「本当よね。あの『SHERRY』のポスターのときも、すごかったけど。今回も、また強烈」

最初は、彼女達が何を言っているかわからなかった春香だが、裸になった自分の上半身に視線をおとしたとたん、その意味がわかってかーっと顔を赤くした。

三日前の夜司がつけたキスマークが、少し色を変えながらも、あちこちにまだいっぱい残っていたからだ。

「違う。違う。違うんだ。これは……そう、虫刺《さ》され。虫刺されなんだ」

ユデダコのように真っ赤になった顔で、下手な言い訳を口にする春香に。

「へー、そうなんだ。随分、いっぱい刺されたのね。そんなに刺されたんじゃ、一晩中眠れなかったでしょう」

「その虫って、頭の黒い大きな虫だよね。あれって、いつでもどこでも現われるらしいし、狙われたら大変よねぇ」

彼女達のテンションは、ますます高くなっていく。

そのあとの春香の反論など、聞いていないという感じだった。

クソォ。なんで俺一人、こんな恥ずかしい思いをしなけりゃならないんだよっ！

それもこれも、全部司が悪いんじゃないか。

自分も同じ目にあってみればいいんだ。

春香は心の中で、自分を窮地においやった張本人である司に悪態を吐《つ》きながら、もうやけくそで、チャイナドレスへと着替えていた。

着替えも髪のセットもすべて終わり、やっと春香が悪魔の手下達から解放されて、ほっと一息吐いていると。

「春香さん、お支度はできましたかしら？」

ノックのあと、開けられた扉の向こうから、パーティー用のドレスに着替えた玲花が姿を現わした。

真っ黒のタイトなドレス姿の玲花はすごく色っぽくて、『玲花さんだったら、このチャイナドレスも似合うだろうな』と、春香はしみじみと思う。

なのに、その玲花は、春香のドレス姿を絶賛し、春香をなんとも言えない複雑な気持ちにさせた。

こんな格好が似合っていると言われても、正直言って全然嬉しくない。

それでもにっこり笑って応《こた》えていた春香に、

「春香お姉ちゃま、エミリ天使なの。にあう？」

愛らしい声が、訊いてくる。

玲花の後ろからひょっこり現われたエミリは、玲花と対照的に純白のふわっと広がったドレスを着ていて、背中についている飾りの羽根《はね》が、エミリを本物の天使のように見せていた。

「すごいわね。エミリちゃん、本物の天使みたい」

「すごいでしょう。エミリが天使で、お母様は、悪魔なの」

え？　悪魔？

怪訝《けげん》に思いながらも、よーく見ると、玲花のドレスの背中にも、飾りの羽根がついていて、悪魔だと言われれば、そう見えないこともなかった。

「なんだか、コスプレのようですわね」

春香は、冗談のつもりで言ってみたのだが。

「あら、春香さん、ご存じなかったのね。今日のパーティーは、仮装パーティーなのよ。だから、お客様もみんな仮装してきていただくことになってるの」

笑顔で肯定《こうてい》されて、一瞬返す言葉を失ってしまう。

今日のパーティーが、ただのパーティーじゃなく、仮装パーティーだったなんて。どおりで、普通のドレスじゃなくて、こんな派手な格好をさせたがるわけだ。

春香は、ようやく合点《がてん》がいったと、密かに独り頷《うなず》いていた。

だけど、みんな仮装するということは……。

「もしかして、寿さん達もこんな格好をしているのでしょうか」

だったら可哀相《かわいそう》すぎると、春香が問いかけていたそのとき。

「さぁ、そろそろお客様方がお着きになられる時間ですよ。お支度は整いましたか？」

再び扉が開かれ、今度は力を筆頭に道前寺四兄弟が揃って姿を現わした。

春香は、その四人の姿を視界に捉えたとたん、思わず目を見開いていた。

四人の格好が、春香が想像していた以上のものだったからである。

力《ちから》、勝、尚の三人は、どこかの軍の正装をアレンジしたと思われる、少しずつ形違いの軍服に身を包み。

一番端に立つ司は、顕《あき》らかにナチスの親衛隊の制服が基《もと》になっているであろう、やたらと目立った軍服を着ていた。

そっくりな兄弟が全員で軍服を着ている姿は、妙な迫力があって、見ているだけで圧倒されてしまう。

これに比べれば、俺のチャイナドレスなんて、まだ普通っぽいか……。

春香は、密かに自分と司達の格好を見比べて、ちょっとだけ安堵していた。

「これは、これは。華僑《かきょう》の姫君が現われたのかと思いましたよ。春香さんは、何を着てもお似合いですが。このチャイナドレスは、特に春香さんの魅力を引き立てていますね。すごくよくお似合いです」

力の歯の浮くような台詞に、まったくだと即座に同意する勝と尚。

だけど司だけは無言で、射るようにじっと春香のことを見つめたままだった。

まるでその熱い視線だけで、何かを伝えようとしているように思えて、春香は妙にドギマギしてしまう。

司とは、あの二日前の口論以来ほとんど二人で話すこともできなくて、はっきりとした仲直りもできていないだけに、特にそう感じてしまうのかもしれなかった。

そのあと。

「なんや。みんなここに集まっとったん。なーなー、ルーめっちゃカッコええやろ。俺、またまた惚れなおしてしもーたわ」

「珊瑚君。そんなに引っ張ったら、袖《そで》が取れてしまいますよ」

真っ白のふわふわのウサギを思わせる（ウサギの耳やシッポまでついている）、かなりコスプレ色の強い格好をした珊瑚と、まるで平安時代の絵巻物から抜け出してきたような着物姿の寿まで現われて、なんだか異様な世界が広がっていく。

珊瑚と寿の分は、急遽《きゅうきょ》だったので、翡翠のデザインしたものではなく、別で手配した既《き》製品らしいが、これまたコスプレ色が強く、それが似合っているだけにすごく人目をひいていた。

ぐるっと見渡した光景は、まさに圧巻。

これに、百人近いゲスト達までが加わるのだというから、いったいどんなパーティーになることやら。

「もう時間ですし。行きましょうか」

力の台詞に、緊張が走る。

何が待ち構えているのかわからない、道前寺家のクリスマス仮装パーティーは、今まさに始まろうとしていた。

パーティーが始まり、たくさんのゲスト達の中に埋《う》もれていると、春香は自分の格好が周りから浮き立つこともなく、特別目立つこともないことがわかって、すっかりリラックスした気分になっていた。

みんなここぞとばかり奇抜《きばつ》な格好で目立とうとしているのか、ゲストの仮装は、かなり派手で凝《こ》ったものが多く、春香のチャイナドレスなんて、本当に普通レベルだった。

何を着ても目立つ道前寺四兄弟は、ホールのどこにいても、まるでそこだけピンスポットが当たっているかのごとく目立っていたが、ああいうのは、特別である。

これなら、俺が何してようと、誰も気に留《と》めやしないよな。

春香は心の中でそう呟くと、ホールの隅に用意されている料理を次々と皿に盛りつけ、脇に並べられた椅子《いす》へと移動する。

そして春香が、踊ってたり、歓談しているゲスト達を眺めながら、黙々と皿のうえの料理を片づけていると。

「お嬢さん。このローストビーフは絶品ですよ。いかがですか」
「平貝《ひらがい》のポアレは、いかがです？」
「その料理には、このワインをお勧《すす》めします」

ドラキュラの格好や、なんだかわからない格好をした男達が数人、料理をのせた皿や飲み物のグラスを手に、にこにこと話しかけてきた。

全員が、見知らぬ男達ばかりである。

男にちやほやされても嬉しくないと、眉根が寄りそうになった春香だが、向こうは自分のことを女だと思っているのだから、怒ってもしょうがないかと、笑顔を作った。

すると。

やれ綺麗だの、素敵だの、褒《ほ》めそやしながら、男達は春香の素性《すじょう》を知りたがり、さまざまな質問を投げかけてきた。

自分達が紹介する相手以外には、名乗る必要はないと、尚に言われていたので（素性がバレると、芋蔓《いもづる》式に秘密もバレる恐れがあるので）、春香はのらりくらりと、その質問を躱《かわ》していたのだが。

男達はしつこく粘ってきて、春香をどんどん追いこんでくる。

「申し訳ありません。今日は親にも内緒できておりますので、お答えできないんです」

何度も同じ台詞を繰り返す春香に。

「名前も告げずに去っていく。まるで、シンデレラのようですね。では、ガラスの靴ぐらいは、残していただかなければ」

「名なしの姫では、夢の中でさえお名前を呼ぶことがかないませんからね」

わせていると。

迫ってくる、男達。

途方《とほう》にくれて、春香が助けを求めるように、無意識のうちに司の姿を探して視線をさ迷
「うちのお嬢様に何かご用ですか」

「うちのお嬢様に、気やすく話しかけないでいただきたい」

男達を薙《な》ぎ払うようにして、タキシード姿の意外な助っ人が飛びこんできた。

「鈴鹿《すずか》。高橋《たかはし》。な、なんでお前達が…………!?」

今頃東京にいるはずの二人が、いきなり目の前に現われたことで、春香は困惑の声をあげる。

たしか以前聞いたときは、鈴鹿は東雲学園の理事長である祖父のお供でパーティーに出かけると言っていたし、高橋も家族と食事に出かけるように言っていたと思うのだが。

いったいぜんたい、どうなっているのだろう。

しかし、春香がそうやって困惑している間にも。

「お嬢様をお護《まも》りするのが、俺達の役目ですから」

同時にそう答えた鈴鹿と高橋は、春香の周りに群がっていた男達を威圧しながら、邪険に追い払ってしまった。

「お前達、本当にどうしたんだ？　どうやってここに？」

周りに誰もいなくなったのを確認して、春香は声を潜めて、二人に問いかける。

「寿の家に電話したら、道前寺家の別荘に招待されて出かけてるって言われて。これは何かあると思って、あちこちに探りをいれてみたら、ここでパーティーがあるってわかってさ」

「それで、もしかして春香や寿が変なトラブルに巻きこまれてたら大変だって、慌てて駆けつけてきたんだ」

その二人の台詞に、篤《あつ》い友情を感じてじーんとなっていた春香は、これが寿だけなら当然放っておかれたのだという裏事情にはまるで気づいていなかった。

「でも、招待もされてないのに、よく中に入れてもらえたな」

「丁度《ちょうど》、『ＢＡＫＵ』のオーナーが入り口んとこにいて、中に入るのを許可してくれたんだ。あまりにすんなり通してくれるんで、気味が悪かったけどな」

「春香の素性がバレないようにガードしてくれって、このタキシードまで用意してくれたんだぜ。一応は、あいつらも春香のこと気に懸《か》けてはくれてるらしいな」

本当に気に懸けてくれているなら、こんなパーティーになど招待しなければよかったのに、と、多少の不満は覚えたものの、鈴鹿と高橋という信頼している友人達が傍にいてくれるならなんでもいいやと、すっかりくつろぎモードに入っていた。

そのまま和やかに、三人でジュースで乾杯していると。

「鈴鹿。高橋。きていたんですか」

鈴鹿達の姿を見つけた寿が、珊瑚を腕にまとわりつかせたまま、人波を掻き分けてこちらへとやってくる。

「自分独りだけ、抜け駆けしやがって。なんで、連絡くれなかったんだ」

「お前の家に電話しなきりゃ、危うく出遅れるところだったぜ」

「仕方なかったんですよ。ここへ呼び出されたのも、突然でしたし。ここに着いてからは四六時中珊瑚君に張りつかれていて、とにかく大変だったんです」

数日ぶりの再会を喜ぶフリで、ひそひそと声を潜めながら、互いに文句をぶつけ合う下僕達を、何も知らない春香はにこにこと見守っていた。

みんなが揃っていると、なんだか学園の中にいるような気がして、ここがパーティー会場の中であることをうっかり忘れそうになる。

だけど。

「春香、司の奴なんやぎょーさんの女に囲まれて、でれーっとなっとったで。ここは一発がつんと言ってやったほうがえぇんとちゃう?」

珊瑚にそう耳打ちされて、春香は一気に現実に引き戻されていた。

司が女に囲まれて、でれっとなってる？

春香が、慌てて珊瑚の指差す方向へと視線を向けると、確かにそこには、大勢のゲストのご婦人方に囲まれて談笑しているらしい司の姿が。

なんだよ。俺とは今日、ほとんど喋ってもいないのに。

綺麗な女の人に囲まれて、でれーっと鼻の下のばしやがって。

なんだか、すごーく愉しそうじゃないか。

春香は、イライラと親指を噛みながら、ご婦人方に愛想《あいそ》を振り撒《ま》いている司に、頭の中で悪態を吐きまくる。

「司は俺のやって、こっちに引っ張ってきたらえーやん」

珊瑚は、簡単にそう言うが、そんなことが春香にできるわけがない。

「俺は別に司が誰と喋ってようが、鼻の下のばしてようが、全然気になんてならないし。関係ないから」

精一杯の強がりを口にして、わざとらしく司から視線を離した。

「ふーん。春香は、余裕なんやな。俺やったら、絶対そんなん許さへんけどな。ルーに群がるメスネコなんか、もーけちょんけちょんにやっつけて、追い払ったるんや」

「珊瑚は、パワフルだな」

「そんなん、好きなんやからあたりまえやん。黙っとったら、伝わるもんも伝われへんやろ。行動あるのみや」

力強くいいきる珊瑚に圧倒される。

ストレートな想いが、強く伝わってきた。

珊瑚のこのパワーなら、そのうち寿のことも本当に落としてしまいそうだった。

「黙ってたら伝わらない……か…」

確かにそうだよなぁ、と、春香はここ数日の自分達のことを振り返り、はーっと溜め息をつく。

「ちょっと、話だけでもしてこようかな……」

春香は、珊瑚のパワーの後押しを受けて、自分も頑張ってみようかという気になっていた。

「春香さん。どこに行かれるのですか?」

春香が椅子から立ち上がったことに気づいた寿達が、慌てて傍に寄ってくるが。

「ごめん。すぐ、戻ってくるから」

春香は、みんなにすまなそうにそう言うと、付いてこないでほしいと視線で念を押したうえで、司のほうへと歩み寄っていった。

しかし。

あと少しで、司のところへ辿り着くというときになって、いきなり流れていた音楽がぴたりと止まり、「え？」と思っているところに、今度は突然電気が消えて、あたりは真っ暗になってしまう。

いったいどうしたんだ？

停電か？

慌てる春香の耳に――――――――――。

『今宵《こよい》は、クリスマスイブ。この暗闇に紛《まぎ》れて、熱い想いを伝え合いましょう。今から三分間の愛のキスタイム。闇の中なら、誰に愛のキスを捧《ささ》げようと自由です。どうぞ、無礼《ぶれい》講《こう》でお楽しみください』

マイクを通した、力のそんな恐ろしい台詞が聞こえてきた。

「なんだ、その愛のキスタイムってのは!?」

まさか、三分間誰とでもキスし放題とかいうんじゃないだろうな。

春香はぎょっとなって、どこかへ逃げなければと思うのだが、あたりは薄暗闇で、どこに逃げればいいのかわからない。

なんとなくぼんやりと人の形は見えているのだが、どこに逃げてもすぐにはこの人波の中を抜けられそうになかった。

そうこうしているうちに、春香のことを引き寄せようとする複数の腕が伸びてきて、ますます春香はピンチに陥《おちい》っていく。

「嫌だ。司、司」

ぎゅっと両肩を掴まれて、誰かの唇が近づいてくる気配に、思わず春香は司の名前を叫んでいた。

すると。

春香の肩を掴んでいた誰かは、突然引き剥《は》がされるようにしていなくなり、代わりに別の誰かが春香のことを正面からきつく抱き締めてくる。

これにも、思いきり抵抗しようとしていた春香だが、ぼんやりと見えるシルエットと、甘く香るコロンの香りに、よく知っている相手の顔が思い浮かび、ほっと身体の力が抜けていった。

重なってくる唇に、自然に目蓋《まぶた》が閉じる。

よかった。

司が助けにきてくれたんだ。

春香は、幸せな気持ちで口づけを交《か》わしながら、恋人の背中に腕を回してぎゅっとしがみついていた。

8　聖なる夜のスキャンダル♥

春香《はるか》の感じていた幸せは、明かりが点《つ》いた瞬間に終わりを迎えた。

「ひ、尚《ひさし》さん……」

春香は、信じられないような瞳で、自分を抱き締めている相手を見つめる。

なんと、明かりが点いた瞬間春香の目の前にいたのは、恋人の司《つかさ》ではなく、その兄の尚で。

春香は、真っ赤になるより先に、血の気が引いて真っ青になっていた。

司と尚を間違えてしまったのは、明白である。

「春香さんだったのですか。これは、幸運でしたね」

尚はにっこりと微笑みかけてくるが、とても笑い返せる心境ではなかった。

いくら司と間違えていたとはいえ、何の抵抗もなしに、尚のキスを受け入れてしまったのだ。

これって、やっぱりやばいよな。

司には黙っておかないと………。

血の気の引いた顔で、そう考えていた春香だが、それはもう手遅れだった。

「兄さん、一発殴らせてもらいます」

「司っ!?」

いつのまにか背後に立っていた司が、そんな不敵な宣言のもとに、尚のことを殴りつけていた。

そして。

いきなりのことに、周りも騒《ざわ》つき、ご婦人方からは悲鳴も漏れ聞こえていたが、司はそのすべてを無視したまま、驚きに瞳を見開いていた春香を、強引にパーティー会場から連れ出していく。

視界の隅に、慌てた様子の寿《ことぶき》達の姿が映《うつ》っていたが、声をかける間もなかった。

「司……あんなことしてよかったのか」

春香は、顕《あき》らかに怒っている司の横顔に恐る恐る声をかけてみるが、司は何も答えぬまま、痛いほど春香の腕を強く引っ張って、早足で先を急いでいく。

司が春香の腕を解放したのは、一階の奥にある未使用のゲストルームの中に入ってからだった。

「なんで、尚兄貴にキスさせたんだ！」

開口一番そう怒鳴られて、春香はその剣幕にびくっと身体を震わせる。

「それは……」

「いろんな男にちやほやされて喜んでるかと思えば、今度は兄貴にキスされてぼーっとなってるし。お前はいつからそんな淫乱《いんらん》になったんだ」

春香が釈明しようとしている傍《そば》から、それに被《かぶ》せるように司は辛辣《しんらつ》な言葉をぶつけてきた。

それだけ怒りが大きいのだろうが、淫乱とまで言われて、春香もムッとしてしまう。

「それを言うなら司だって、綺麗な女の人に囲まれて、でれっと鼻の下のばしてたじゃないか。司も、あの中の誰かとキスしてたんじゃないのか」

さっきの気に入らない光景まで思い出して、春香は語気強く言い返していた。

もちろん、これが司の怒りに拍車をかけることになったのは言うまでもない。

「俺が相手をしていたのは、うちの系列会社の上役のお嬢様方だ。こういう場所では、道《どう》前寺《ぜんじ》家の一員としてゲストをもてなすのが当たり前だろ。お前のように、誰にもかれにも関係なく愛想《あいそ》を振り撒《ま》いていたわけじゃない」

司はそう言うと、春香を壁ぎわまで追い詰めてくる。

「なんだよ。凄《すご》んだって、怖くないぞ」

精一杯の虚勢をはる春香だったが、後ろは壁で、もうそれ以上は逃げられない状態に追いこまれていた。

「やっぱりお前は、閉じこめて鎖《くさり》に繋《つな》いでおくべきだったな」

「何を……んんっ……」

反論しかけた唇を、強引な口づけで塞《ふさ》がれる。

拒もうとしても、それは許されなかった。

侵入してきた舌で、口腔内を思うさまに侵食されて、まるで息すらも奪うように貪られていく。

「んっ……ふっ……」

さっき尚と交《か》わしたような、触れるだけの口づけとはまるで違う、嵐のような口づけ。

春香はそれでも、頭の芯まで痺れるような気持ちのよさを感じて、無意識のうちに司の肩に縋《すが》っていた。

「尚兄貴にも、こんな顔を見せたのか？」

唇を放すと、司は低い声で訊いてくる。

こんな顔と言われても、鏡でもなければ自分で見ることはできない春香に、即答できるはずがなかった。

「兄貴のことも、こうやって落とすつもりだったのか？」

あまりの言われようにカッとなって、春香は思わず司の頬を叩いていた。

「何、馬鹿なこと言ってるんだ。少し頭を冷やせ」

そう怒鳴って、司の身体を突き放そうとする春香だったが、司は赤くなった頬もそのままに、春香を壁に押さえつけたまま放さなかった。

「お前が誰のものか、思い出させてやるよ」

耳元で告げてくる司は、春香のドレスのスリットから中へと手を忍ばせてきて、探り当てた下着を一気に引きおろしてしまう。

「司。ヤだっ」

春香は、じたばたと抵抗を繰り返すが、司に片足を高く掬《すく》いあげられて、それどころではなくなってしまった。

「あっ」

あらぬところを指先でつつかれて、身体がびくんとなる。

「ここは、俺を覚えていそうだな」

からかうように言われて、羞恥に顔を赤くしていると、そのまま指先が中へと潜りこんできて、春香は思わずぎゅっと瞳を瞑《つぶ》っていた。

「今日は、特別キツイな。この体勢のせいか？」

「……痛い…ヤメ…ろよ…」

春香の抗議の声など、最初から聞く気などない司は、容赦《ようしゃ》なく根元まで飲みこませた細長い指をくの字に曲げるようにして、中を掻き回してくる。

立ったままというのは、以前にも経験があったが、こんな片足を持ち上げられた不安定な格好で、指での愛撫《あいぶ》を受けるのは初めてだった。

だから、中でキツク締めつけた指が妖しく蠢《うごめ》くのに、最初は身体も慄《おのの》いていたのだが、いつものように感じるポイントを刺激されると、甘い痺れが広がり、身体の奥が熱く熱を放つようになっていた。

「どうした？　足が震えてるぞ」

春香が、唇を噛んで、声が漏れないようにしていることが気にくわないのか、司が意地悪く囁《ささや》きながら、前立腺をぐりっと強く刺激してくる。

「……あぁっ…」

堪えられずに短い声を漏らすと、続けざまに同じところへの愛撫を繰り返された。

「あっ…ん……あぁっ」

引きもなしに、声が漏れる。

一度諦めてしまうと、もう抑《おさ》えはきかなかった。

「も……やめ……いいって…」

「気持ちが、いいんだろ」

わかっているくせに、司はわざとはぐらかす。

春香の反応を、ぎりぎりまで愉しむつもりなのだ。

「ここも、こんなになって。随分といやらしい身体になったもんだな」

「やぁっ」

すっかり勃《た》ちがって、先走りの液を零していた股間のモノの先端を、ピンと爪先で弾かれて、足元ががくんと崩れかける。

春香が慌てて縋ったのは、目の前の司の身体だった。

すると、それが誘っているようにとれたのか、

「そんなに早く欲しければ、すぐにでも挿《い》れてやるよ」

司は中からずるりと指を抜き去ると、片足をもう一度抱え直し、今度は指の代わりに昂《たかぶ》った自分自身をめりこませてきた。

「イタっ…やだぁっ…」

あまりもの苦痛に、身体に力が入る。

それでますます痛みが増して、春香の瞳からぽろぽろと涙が零れ落ちた。

それでも司は、腰を揺すりあげながら、最奥を目指して突き上げてくるのをやめようとはしない。

「あっ…うわぁぁっ」

深く奥まで突かれた瞬間、頭の中がスパークしていた。

「こうやって繋がっていると、安心する」

そんな勝手なことを言う司は、春香の中の感触をゆるく腰を動かしながら確かめると、春香のもう片方の足も抱えあげてくる。

「ああっ…あっ」

新なる苦痛と圧迫感に、春香は一瞬頭の中が真っ白になっていた。

そして。

気づくと、ものすごく恥ずかしい格好で、司を受け入れている自分がいた。

春香が、その恥ずかしさに何か反応を返す間もなく、司の容赦ない抽挿《ちゅうそう》が始まった。

「んぁっ……あ…ん…っ」

下から突き上げられる度《たび》に、背中が壁に強く擦りつけられ、春香はまるで背中で全体重を支えているような錯覚を覚える。

こんな無茶《むちゃ》な体位を強《し》いられるのは、これが初めてで、身体が苦痛とは別のものを感じ始めるのに、いつもよりも時間を有《ゆう》した。

「……早く……終わっ……て」

春香は、涙を滲《にじ》ませながら懇願するが、律動は激しさを増していく。

だけど、そのうちじわじわと快感の波が身体の奥から広がってきて、春香の唇からも苦痛を訴える声以外のものが零れるようになっていた。

「あっ……そこっ……あぁ」

敏感な部分を重点的に攻められると、快感の波は大きくなる。

「俺を中で感じるか？」

司に問われて、春香は小さく頷いていた。

司の昂ったモノが、自分の中で熱く脈打ち、その存在を主張しているのが、すごくリアルに感じられる。

「こうやってお前と一つに溶け合えるのは、俺だけだ」

「んぁぁあっ」

抉《えぐ》るような律動を繰り返されて、春香はびりびりとした電流が頭の天辺《てっぺん》まで突き抜けたあと、ほとんど何の愛撫も加えられないままに、自身の昂りを勢いよく放出させてしまった。

そして、その瞬間中に銜《くわ》えこんでいる司自身をぎゅっと締めつけることになり、司も短く呻《うめ》き声を漏らすと、春香を追うようにして、白濁とした欲望の証《あかし》を最奥に叩きつけるようにして放っていた。

散々好き勝手に春香を翻弄《ほんろう》した司は、ぐったりして壁に凭《もた》れて座りこんでいる春香のことをベッドのうえに運んでいく。

春香は逆らう気力もなくて、されるままになっていた。

「俺はパーティーに戻るが、お前は迎えにくるまでここから出るな」

司は、春香の顔を覗きこむようにして、そうキック言い渡すと、衣服の乱れをきちんとなおし、何もなかったような涼しげな顔で独り部屋を出ていってしまう。

ここから出るなという念押しのためか、扉に鍵をかける気配までした。

「司の奴。俺を、監禁するつもりか」

春香は、鍵までかけられてここに閉じこめられるという理不尽さに怒りを覚え、ぐったりとなっていた身体をベッドのうえに起き上がらせる。

「勝手に怒って、散々俺のこと嬲《なぶ》っといて、自分は何食わぬ顔をしてパーティーに戻るだと!? いったい俺のことなんだと思ってるんだ」

司と尚を間違えてキスを受け入れてしまったことは、確かに自分が悪いと思うが、それでここまでの仕打ちを受けるのは、納得いかなかった。

「俺はあいつの、ペットでも人形でもないんだからな」

それを、無理矢理こんな目にあわせやがって。

春香は、いつも何かというと力でねじ伏せてくる司のやり方は許せないと、怒りのパワーを発揮して、ベッドのうえから降り立っていた。

「だけど、本当にこのままここにいたら、鎖に繋がれて監禁……ってことにもなりかねないぞ。そんなの、絶対ごめんだ」

ぷるぷると首を横に振って、なんとかしなければと、春香は頭を働かせる。

逃げ出すにしても、扉には鍵がかかってるし……。

「そうだ。窓から逃げればいいんだ」

簡単なことじゃないかと、春香はぽんと手を叩き、窓へと歩み寄った。

ここは一階なので、窓からでも充分外に脱出可能だった。

「駅まではたしか、そんなにかからなかったよな」

春香は、司と白馬村《はくばむら》まで出かけたことを思い返し、ぼそりと呟く。

あのときは車だったが、歩いていけない距離ではないはずだった。

駅に出てどうしようというのかというと、それはもちろん、東京に帰るのが目的で。

電車の乗車時刻が終わっていれば、そのへんに走っている車をヒッチハイクしてでも家に帰ってやると、春香はそう決心を固めていた。

寿達に助けを求めるとか、他の方法を考えつかないのが、春香が頭に血が上《のぼ》っている証拠でもあった。

怒りで、一つのことしか見えなくなっていたのである。

「司の思いどおりにはならないからな」

そう語気強く言い放った春香は、勢いよく窓を開け放ち、家路を目指して外へと飛び出していった。

しかし。

春香が自分の考えの甘さを思い知ったのは、別荘を飛び出して何分も経《た》たないうちだった。

日中でもマイナスの気温を指し示す十二月の白馬の夜は、もう凍《こご》えるほどの寒さで。チャイナドレスのうえに、ショールを羽織《はお》っただけの格好で外に飛び出すのは、かなり無謀《むぼう》なことだったのだ。

数時間前に、尚の手下であるスタッフ達の手によって、両サイドにシニョン風のつけ毛をつけたうえに大振りな生花まで飾られて、綺麗にセットされていた頭も、今はすっかりぼろぼろになっていて、春香は歩きながらうっとうしげに残っていた飾りを取り去る。

「寒くて、足の感覚がなくなってきた……」

雪のうえを歩いているせいで、足は氷のように冷たくなっていて、さっきまでは感じていた寒さや刺すような痛みもだんだん感じられなくなってきていた。

凍えるほどの寒さだけでも、もう泣きそうだというのに、そのうえ、どうやら春香は森の中で迷ってしまったらしく、自分がどこへ向かって歩いているのかすらわからなくて、踏《ふ》んだり蹴《け》ったりの状態だった。

別荘に引き返そうにも、これまた道がわからないのだ。

「表から出ると、司に見つかるかもしれないなんて、余計なこと考えなきゃよかった。こんな夜に森の中抜けようなんて、最初から無理だったんだよな」

なんて、後悔しても後の祭り。

春香は、冷凍庫にいるのではないかと錯覚するような寒さの中、とにかく出口を求めて歩き続けるしかない。

一度立ち止まってしまったら、もう一歩も前へは進めなくなりそうな、そんな予感があった。

そのうち、どれだけこうしているのか、時間の感覚さえあやふやになってくる。足だけじゃなく、耳や手の指先の感覚もだんだんとなくなってきて、自分でもこれはやばいのではと、心の中に焦りが生じた。

もしかして、このまま遭難してしまうのかもしれない。

そんな恐ろしい考えが浮かんだが、春香はぶんぶんと首を振って打ち消すと、しっかりしろと自分に向かって言い聞かせる。

それから春香は、意識までがぼんやりとしてくるのを恐れて、頬をパンパン何度も叩きながら、少しでも前に進もうと必死で足を動かし続けた。

そして、どれだけ歩き回った頃だろうか、春香は何かに足をとられ、思いきりみごとに転んでしまう。

「うわっ」

どうやらこの辺は、斜面が急になっているようで、転んだ場所から身体がずるりと横滑りした。

暗くて視界がきかないだけに、この瞬間から春香は先に進むのが怖くなってしまった。

傍に生《は》えていた樹の幹《みき》に寄りかかるようにしてしゃがみこみ、がたがたと身体を震わせながら、せめてもの慰《なぐさ》めに凍えた指先に何度も熱い息を吹きかける。

「こんなところで遭難したら、洒落《しゃれ》にならないな」

すっかり弱気になってしまって、そんな台詞が唇から零れた。

きっと司は怒るだろうなと、春香は怒った恋人の顔を思い浮かべる。

「だけど、みんなあいつが悪いんだぞ。あいつがあんなことして俺を怒らせなければ、俺だってこんな目にあわなくてすんだんだし。みーんな、あいつが悪いんだ」

誰にあたりようもないので、怒りを司にぶつけて気を紛らわせてみるが、自分のせいだということはわかっていたので、それ以上は言葉が出てこなかった。

代わりに、司と白馬村に出かけたときのことがいろいろ思い出されてきて、あのときはよかったなと、しみじみと愉しい思い出を反芻《はんすう》する。

そして、いつも自分のピンチを救ってくれるのも司なのだと、そんなことを考えていると、何だか泣きたい気持ちになってきた。

「自分から逃げ出しておいて、助けてほしいなんて虫のいい話だよな。それに、いくら司でも、俺がこんなとこにいるなんてわかるわけない」

震える唇で呟いた春香の瞳から、ぽろりと涙が零れ落ちる。

その瞬間、微かな人の声がどこからともなく聞こえてきた。

今、確かに人の声がしたよな？

春香は、残り少ない気力を振り絞《しぼ》り、よろよろとその場に立ち上がる。

これで遭難しなくてもすむ。

春香は、「おーい、おーい」と、弱々しい声をあげながら、懐中《かいちゅう》電灯の明かりがこちらへ近づいてくるのを待った。

しかし。

「春香、お前いったい何を考えてるんだっ」

明かりとともに怒鳴り声まで一緒に近づいてきて、春香は助けにきてくれた相手が、司だということに気づいて動揺する。

本当は待っていたくせに、こんな情けないところを見られたくないとか、自分はまだ怒っているんだとか、変な意地が再発してしまい、春香はとにかく逃げなければとあたふたとその場から離れようとした。

「危ないから、動くな。馬鹿」

春香は一生懸命逃げているつもりだが、司はもう手の届くところまで迫っている。

「煩《うるさ》い。俺のことなんか放っとけよ」

「そうはいくか。ほら、こっちにこい」

「嫌だって言ってるだろ」

触れそうになった手を煩げに振り払った瞬間、足元が急にぐらっと傾き、

「うあぁぁっ」

「春香っ」

しまったと思ったときには、急斜面を身体で滑りおりるように、下へと転落してしまっていた。

「イタタタタッ」

春香は、あちこち打ちつけた身体の痛みに顔を顰《しか》めながら、のろのろとした動作で身体を起こす。

すると、自分が司の身体を下敷きにしていたことに気づいて、ぎょっとなった。

「司。大丈夫か!?」

「……大丈夫だ。それより春香、怪我《けが》はないのか？」

司の答えにほっと安堵しながら、春香は確認のつもりで、立ち上がろうとする。

だけど、右足にひどい激痛が走って、再び雪のうえに座りこんでしまった。

「足を痛めたのか？」

司は、春香の右足に手探りで触れると、足首を捻《ひね》って腫《は》れているようだと診断をくだし
「動かさないほうがいい」と、言い渡してくる。

「だけど、このままここにいるわけにも……」

どうしようと、思い悩む春香に、司は自分のコートを脱いで着せかけてくると、

「俺が負ぶって、連れ戻ってやる」

背中を示して、そう告げてきた。

「いいよ。そんなの…」

「意地をはってる場合じゃないだろ。こんなところで凍死《とうし》なんて、俺はごめんだからな」

変な意地のせいで、春香が拒絶しようとしていたことをズバリと言いあてて、司は強い口調で背中に乗るように命じてくる。

そして。

司におとなしく従って、コートを着こんで背中に体重を預けると、司の唇から微かな呻き声が漏れた。

「大丈夫か、司」

「いや。春香も、結構重かったんだな」

「なんだよ。悪かったな」

心配して損したと、春香は司の肩をばしばしと叩く。

司は、それに抗議するでもなく、近くに落ちていた懐中電灯を拾いあげ、壊れていないことを確かめると、春香にそれで足元を照らすように指示して、別荘に戻るためにゆっくりと歩き始めた。

春香は司の温《ぬく》もりと、コートの温もりを感じて、少しだけ身体が暖かくなってきたような気がする。

本当は、どちらも雪のせいで濡れていて、あまり温もりは伝わっていないはずだったのだが、春香にはそう感じられたのだ。

「尚さんにキスされても抵抗しなかったのは……司と間違えたからだからな。シルエットとか、香水の香りで、司がきてくれたんだって、思ったから……」

春香は、今なら言える気がして、司の背中でさっき言えなかった事実を打ち明けた。

「そうか。暗闇だったからな……」

「そうだよ。それを淫乱だなんて、あんまりじゃないか。あんな無茶苦茶なことしなくたって、ちゃんと話せばわかったはずなのに。司は、短気すぎるんだ」

「……悪かった……」

ぼそりと謝ってくる司に、春香は心が軽くなり、嬉しげに司の肩口に頬を擦りつけるような甘えた仕草《しぐさ》をする。

なんだか、うとうとと眠たくなってきていたが、寝たら懐中電灯が持てなくなると、自分を叱責し、春香は眠気を誤魔化《ごまか》すために、司に対する文句の言葉をだらだらと並べたてていた。

そして、ようやく近くに明かりらしきものが見えてきて、助かったことを確信した春香は、ふーっと大きな息を吐く。

「司。別荘に戻れたみたいだ」

「……ああ……」

司を急《せ》かせるようにして、明かりのほうへと近づいていくと、そこは期待した別荘の前ではなかったが、懐中電灯を握った数人の人影が見えた。

「寿。鈴鹿《すずか》。高橋《たかはし》」

春香は、その人影の正体がわかると、司の背中で声をはりあげる。

「春香、無事だったか!!」

すぐに駆け寄ってくる三人の友人達に、春香は司の背中から下りて、無事なことをアピールした。

「足をちょっと挫《くじ》いたけど、司がずっと背負ってきてくれたから、平気だった」

嬉しげに報告する春香に、下僕達はなんともいえない複雑な表情をみせる。

春香はもう許してしまっているようだが、こうなった原因は司にあると思っている彼らとしては、それくらいのことで司を許す気にはなれなかったのだ。

「春香、これ血じゃないのか!?　おい。足の他にも、まだ怪我してるんじゃないか!?」

春香の手やドレスに血がついていることを見咎《みとが》めた下僕達が、焦って春香の身体をぐるりと確かめるが別にそれらしき異常はなく。

「別にどこも怪我なんてしてないだろ……」

春香本人でさえ首を傾げて、なんだろうと不思議に思っていたのだが。

「それ、もしかして、道前寺の血じゃありませんか……？」

眉を顰《ひそ》めた寿が、懐中電灯で雪のうえに点々と散っている赤い血の跡を辿《たど》っていくと。

そこにはやはり、尚の前に立っている司の姿が。

そして——————。

「司っ」

真っ青になった春香が、切羽詰《せっぱつ》まったような声で司の名前を呼んだ瞬間。

司の身体は、頽《くず》れるようにして、雪のなかにばったりと倒れこんでいた。

春香は、司とともに道前寺グループの傘下にある総合病院へと車で運ばれ、自分の足の捻挫《ねんざ》や軽い凍傷《とうしょう》の手当てを受けたあと、処置が終わって個室へ移された司の傍に片時も離れずに付き添っていた。

本当は自分の怪我の手当てなどどうでもいいから、ずっと司の傍にいさせてほしいと、泣いて頼んだのだが、それはさすがに聞き入れてもらえず、手早く手当てを終えてもらうように医者と看護婦を急かせて、司が処置をうけている処置室の前でじっと終わるのを待っていたのだ。

司は、雪の中を落下した際に、折れた木の枝か何か、尖《とが》ったもので腕の付け根の下あたりを抉られていて。そのうえ、肋《あばら》にもひびが入っているということだった。

それもすべて、あのとき春香のことをかばっていたからに違いなくて、開口一番真っ先に「怪我はないか」と訊ねた司のことを思い出すと、なぜ自分はもっと司のことを気にしてやらなかったのだろうと、春香は後悔の涙が溢《あふ》れてくる。

司の口数が少なかったのも、ぼそりと呟くようにしか答えられなかったのも、みんなみんなそのためだったのに。

何も気づかないばかりか、自分よりもっと酷《ひど》い怪我をしていた司に負ぶわれて、司に対する文句の言葉を並べ立てていたのだから、目もあてられない馬鹿さ加減だった。

あたりが薄暗くて、黒っぽい服を着ていた司が血を流していることに気づけなかったというのは、ただの言い訳にしかならない。

司のことにもっともっと気を配っていたら、絶対に気づけていたはずなのだ。

春香は、止まらない涙でぐちゃぐちゃの顔で司の手を握りしめ、その手が反応を示すのを待ち続けた。

自分には今これしかできないのかと思うと、つらくなったが、それでも傍にいられるだけでよかった。

最初は寿達も一緒についていてくれたのだが、あまり大勢でついていてもかえって病院側の迷惑になるだけだと、尚と一緒に別荘へと引き上げていた。

「司……ごめんな……」

もう何度口にしたかわからない謝罪の言葉を呟いて、春香は握った司の手に頬を擦り寄せる。

すると、ぴくっとその手が動いて、春香は慌てて顔をあげた。

「司？」

春香が名前を呼びかけると、ゆっくりと目蓋《まぶた》が持ち上がっていく。

「………どうしたんだ、その顔は。なんで泣いてるんだ？」

司は、しっかりと瞳を開けたあと、擦れた声でそう問いかけてきた。

「だ、だって……司…俺のせいでこんな怪我して……それなのに…俺何も知らないで…負ぶってもらったりして……なんでこんなに馬鹿なんだ…ろーって…」

春香は、言いながらも泣いてしまったので、あまり上手くは喋れなかった。

それでも、司は春香の言いたいことをわかってくれたようで、握っていた手を強く握り返してくれる。

「痛かった…だろ……」

痛々しげに、司の怪我した場所へと視線を這《は》わせていると、司は「たいしたことない」と、軽く返してきた。

たいしたことがないなら、あんなふうに気を失ったりするわけはなく、春香はこんなときにも自分を気遣ってくれる司に胸がじーんとなった。

そして。

「春香が無事なら、それでいい」

付け加えられた言葉に、また大粒の涙が零れ落ちた。

そのあと、何か飲み物でもなんでも、欲しいものがあればすぐに持ってくるからと言った春香に、「欲しいものはここにある」と、腕を広げてみせた司は、春香を泣かせるツボを心得ているらしかった。

司に寄り添って病院の狭いベッドで眠った、この日の夜のことを、春香は一生忘れないだろうと思う。

9　恋こそすべて？

司《つかさ》は結局、あのあと三日間病院の個室に入院し、本当はもう暫《しば》らくは入院していたほうがいいという医師の忠告を無視して、白馬《はくば》の別荘に戻ってきた。

自宅療養に切り替えて、一番大変だったのは、毎日往診にこなければならない医師や看護婦達だったかもしれないが、司はあんな辛気臭《しんきくさ》い場所に長時間いられるかと、怪我人《けがにん》のわがままをフルに発揮して、誰にも文句は言わせなかった。

まぁ。司が自宅療養を強く望んだ本当の理由は、病院の中では、人目を気にする春香《はるか》と大っぴらにいちゃつけないからで。

司の看病と身の回りの世話は自分がすると自《みずか》らかってでた春香と、二人っきりでゆっくり過ごす時間を持ちたかったからなのだが。

春香も、今回のことでは司につらい思いをいっぱいさせてしまったので、司のわがままにつきあって、二人っきりのときにはなるべく司の言うことをきくようにしていた。

司が三日間の入院を我慢していたのだって、あの翌朝から春香が高熱をだして寝こんでしまい、元気になるのにそれだけの日数がかかったからなのだ。

春香達が入院している間に、寿《ことぶき》達三人と、珊瑚《さんご》もそれぞれの家に帰っていき、忙しい仕事を抱える道前寺《どうぜんじ》家の人間も、今は玲花《れいか》とエミリしか残っていない。

司は、まさにパラダイスだと、怪我の功名《こうみょう》を喜んでいた。

それもまたどうかと思うのだが。

希美香《きみか》達には、尚《ひさし》が上手い理由を作って、冬休みが終わるまではこの別荘に留まれるように交渉してくれたので、春香も家のことを心配する必要はないだけ、気が楽だった（本当の理由を言えないのは、心配した希美香が見舞いにきたりすると何かと大変だからである）。

最初の頃は春香に遊んでほしいとまとわりついていたエミリも、司の怪我を知って遠慮しているのか、何か用がない限りは玲花とおとなしく遊んでいて、以前よりも別荘の居心地はよかったし。

これなら冬休みいっぱいいても、なんとか問題なく過ごせそうだなと、春香は心密かに安堵していた。

だけど、ある日エミリの着替えを手伝ってやっていたときに。

『春香お姉ちゃま。お胸がぺったんこって、つらいわよね。エミリの胸も、ぺったんこなの。いつになったら、お母様のような大きいお胸になれるのか、エミリすごく心配だわ。でも、お姉ちゃまのお胸がぺったんこなことは、エミリないしょにしておいてあげる。レディーとして、これはたいせつなことだもの』

はーっと憂鬱《ゆううつ》そうな溜め息までつくおませなエミリにそう言われて、やっぱりあのときしっかり下着姿の自分を見られていたのかと、春香は顔が引きつっていた。

男なのに、子供のエミリからぺったんこの胸を哀《あわ》れまれ、『だいじょうぶよ、お姉ちゃま。そのうち大きくなるから』なんて、慰《なぐさ》めの言葉までかけてもらうなんて、かなり情けない話である。

黙っていてくれるのはありがたいが、短い髪を見ても、『今はやりのウィッグでしょ』とさらりと言えてしまうエミリが、本当のことに気づくのはそう遠いことではない気がして、一抹《いちまつ》の不安を感じる春香だった。

それでも、特別な問題は何も起こることはなく、珍しく司とラブラブモードを維持《いじ》したまま、ゆっくりと年は移り変わっていった。

そして。

年明け早々、仕事優先でクリスマスパーティーにも帰国しなかった翡翠《ひすい》からハイテンションなラブコールがかかってきたが、横で聞いていた司に一分も経《た》たないうちに切られてしまい、そのあとの電話はすべて取り次ぎを拒否したために、春香まで届くことはなかった。

だけど、寿達からの年始の挨拶の電話さえ、こっそり取り次ぐ前に切られていたことを春香が知ったのは、新学期が始まってからのことである。

白馬から戻り、新学期を迎えた春香は、捻挫《ねんざ》していた足もすっかりよくなっていて、新しい年も気分一新頑張るぞとはりきっていた。

寿達にも、別荘であったことをいろいろと詫《わ》びて、心の荷がおりたし。

司の怪我が少しずつ治ってきていることも、春香を機嫌よくさせていた。

それに、今月の下旬には北海道へのスキー旅行が控えていて、白馬で司にスキーを教えてもらう約束がパァになったことでがっかりしていた春香は、このスキー旅行のことを考えるだけで心がウキウキしてくるのだ。

しかし、どこに不幸が待っているかわからないもので、ある日突然またもや不幸が春香に襲いかかってきた。

「うわぁぁっ」

「きゃあ。春香ちゃん」

浮かれていたのが悪かったのか、染香《そめか》の頼みでリビングの照明用の電球を取り替えていた春香は、乗っていた脚立《きゃたつ》からうっかり足を踏み外してしまったのである。

「大丈夫、春香ちゃん」

「え、あ……イタッ」

頭から落ちるような不様《ぶざま》なことにだけはならなかっただけましなのだが、落ちた拍子《ひょうし》に治ったばかりの右足を、またもや変な方向へと捻曲《ねじま》げてしまったようで、立ち上がろうとすると、途端に足首に激痛が走った。

そして、連れていかれた近所の外科医院で言い渡された診断は――全治二週間の肉離れで。

それを聞かされた春香は、その場でがーんとショックを受けていた。

なぜなら、スキー旅行は、一週間後なのだ。

どう考えたって、あと一週間足りない……。

「もしかしなくても、スキーなんてできないですよね」

答えを知りつつ訊いた春香に、

「無理ですね」

無情な医者は、予想どおりの答えを返してくる。

次から次へと降りかかってくる災難。

天国から地獄へと、一気に叩き落とされた気分だった。

それでも。

「クソォ。俺は、負けないからな」

災難続きの運命と立ち向かう春香に、果たして明るい未来はあるのだろうか。

今は、あると信じておこう。

そして————。
信じるものは救われるのだと、春香が感動したのは、それから三日後、修学旅行自体が学園側の都合で延期になったことを告知されてからのことだった。

■あとがき■

こんにちは。この暑さに身体が半分溶けかかっている月上《つきがみ》ひなこです。

この聖《せい》スキャで、スキャンダルシリーズも四冊目になります。前作の学《がく》スキャからは、三ヵ月しか間があいていないので、なんだかずっと春香《はるか》と司《つかさ》を書いているような気がしますね（笑）。

今回はちょっと意表をついて、クリスマスネタなんですが、少し季節を先取りということで、春香達と一緒にクリスマス気分を味わってくださると嬉しいです。

毎回恒例になってきている春香のコスプレですが、今回はチャイナドレスにしてみました。さてさて、次回はなんになるでしょう。リクエストもお待ちしています。

今回は、こうじまさんのイラストで、あれも見たいこれも見たいと、仮装パーティーをいいことに、司達にも趣味まるだしの格好《かっこう》をさせたので、私的には仕上がりを想像してとてもワクワクしているのですが、こうじまさんはめちゃめちゃ大変でしたよね。本当に、すみませんでした。次回こそは、早めにあげられるように頑張ります。

前回の口絵は『SHERRY《シェリー》』のポスターだったのですが、もうこれがすごく評判がよくて、大きいポスターにしてほしいと、たくさんのリクエストをいただきました。

しかし、これは私に言っても無理なので、編集部のほうへお願いしてみてね。ポスターは私もほしいので、私からもちらっとお願いはしてみましたが。どうなるでしょう。

これは、皆様の頑張りによるかもしれないですよ（多分）。頑張ってみましょう。

春香がどんどん色っぽくなってきているという噂ですが、きっとこのポスターのせいではないかと思われます。ああいう顔されたら、司でなくともいちころですよね。

今回の聖スキャには、翡翠《ひすい》の出番がないので翡翠プッシュの方には、ちょっと申し訳ないのですが、司と春香のラブラブなシーンを多めに入れたかったので、彼には涙をのんでもらいました。

珊瑚《さんご》の愛犬の話もちらりと出すつもりだったのですが、次回にもちこしです。すみません。そのかわり、寿《ことぶき》の和服姿をご堪能《たんのう》くださいませ。彼は家ではほとんど和服です。それで、お弟子さん達から若先生と呼ばれてたりします。うふふ。

珊瑚と寿の話は、いつか書ければいいですね。だけど、そのためには、珊瑚に頑張ってもらわなければ（笑）。今のままでは、寿は手強《てごわ》いですからね。

それに、尚《ひさし》の恋人もそのうち登場する予定ですのでお愉《たの》しみに。

スキャンダルシリーズは、皆様からのリクエストが多ければ、この先も続けていけそうな感じなので、よければ応援してくださいね。リクエストの熱いお手紙が、編集部の心を動かすのだ。

そして、ここでお詫《わ》びを。実は放《ほう》スキャ発売後にいただいた感想のお手紙があまりにも多くて編集部でのチェックが遅れてしまい、月上の手元に届くのにかなりの時間が経過してしまったので、オマケ本の数を割り出すのに時間がかかり、まだどなたにも発送できておりません。

夏は恐ろしくスケジュールが詰まっているので、秋になったら一気に発送するつもりなので、もう暫《しば》らくお待ちください。

今回の聖スキャへのお手紙にも、あいスキャパロディ本（非売本）を感想のお返事としてお送りさせていただく予定ですが、すぐに届かなくても落胆《らくたん》しないでください。必ず送らせていただきますので。でも、最初に刷《す》った数の分しか本はないので、前の本のオマケ本を一緒にほしいと言われても、それはお断わりさせていただいてます。ごめんなさいね、ぼーっとしているので、管理が難しいの。

今まで同様八十円切手と宛名シールを同封してね（名前の後ろには様をつけてね）。ペーパーみたいに、ぺろんとしたものじゃないので、返信用封筒は不要です。それから同人誌の通販もやってませんので、問い合わせられてもお答えできませんのでご注意くださいね。

宛名シールは、できれば住所や名前が一枚のシールに書いてあるものでお願いします。ビデオテープのラベルシールとか、フロッピーやカセットテープのラベルシールを使ってくださってけっこうですので。ものすごく小さいものとか、何枚にも分けてあるものは、送るときに時間がかかるのでなるべく避《さ》けてくださると嬉しいです。

以前お手紙でご協力いただいた、スキャンダルシリーズのキャラにぴったりの声優さんですが、だいたい集計ができてきたので、そのうち発表させていただきたいと思います。同じ声優さんがいろんなキャラに名前があがっていて、「ああ、今この声優さんが人気なんだな」と、フムフムと考えながら目を通させていただきました。このシリーズがＣＤになるかどうかは、謎ですが（笑）。私的にはすごく愉しませていただきました。ありがとうございます。

でも、担当のＭ島さんと私の中では、司と春香の声は決まってたりして（笑）。そのへんもどれかのオマケ本でちらりとのせたいと思ってます。いえ。リクエストの一番人気の方なんですけどね。ふふふ。

では、そろそろ紙面もつきてきましたので、このへんで終わらせていただきます。

次は何スキャになるんでしょう？　お愉しみに♥

月上ひなこ

LAPIS

聖《せい》なる夜《よる》のスキャンダル♥

この作品を読んでのご意見・ご感想をお待ちしております。
月上ひなこ先生には、下記の住所にて、
「プランタン出版ラピス文庫　月上ひなこ先生係」まで
こうじま奈月先生には、下記の住所にて、
「プランタン出版ラピス文庫　こうじま奈月先生係」まで

著　者――月上ひなこ（つきがみ　ひなこ）
挿　画――こうじま奈月（こうじま　なづき）
発　行――プランタン出版
発　売――フランス書院
東京都文京区後楽1-4-14　〒112-0004
電話(代表)03-3818-2681
(編集)03-3818-3118
振替　00160-5-93873
印　刷――誠宏印刷
製　本――小泉製本

ISBN4-8296-5265-9　C0193

URL=http://www.printemps.co.jp

LAPIS-LABEL

月上ひなこ

学園祭はスキャンダル♥

イラスト／こうじま奈月

学園では全校生徒あこがれの生徒会長、家の中では深《しん》窓《そう》の令嬢と二足のワラジをはく春香《はるか》はれっきとした男の子。にもかかわらずライバルである柊《ひいらぎ》学院の生徒会長、道前寺司《どうぜんじつかさ》の婚約者でもあるという不本意な生活を送る春香に、文化発表会の生徒会演目でまたしても女装の危機が？

一難去ってまた一難の春香は絶体絶命!?

LAPIS-LABEL

お熱いのがお好き？

月上ひなこ

イラスト／滝りんが

姉にくっついてクッキングスクールへ行った小矢太《こやた》は、そこで、顔よしスタイルよしの料理上手な男、津塚《つづか》に出会い一目惚《ひとめぼ》れする。
トンビに油揚げされてはかなわないと即行告《こく》った小矢太だが、津塚がくる者は拒まずのたらし男と知り、がぜんやる気になる。津塚の「一番」を獲得するための恋のバトルスタート！

ラピスレーベル